ベランダの女

「俺、昨日の夜、そんなに酔っぱらってました？」

常連客のF君は、カウンターに腰掛けるなり言った。

「いや、いつもどおりのいい感じで帰ったけど……」

ここで言う「いい感じ」とは、そこそこ酔っぱらっていたということである。

わたしは、大阪でバーを経営していた。物書きではまだ食えていなかったからだ。当然家賃の問題でキタやミナミの繁華街に店舗を借りられるわけもなく、店をかまえた場所はD町という焼鳥屋と焼肉屋がポツポツとしかない寂《さび》れた地域だった。

「そうか……おかしいなあ。とりあえず、《ハイネケン》ください」

F君は納得できない顔のまま、瓶《びん》ビールを飲んでいる。グラスに注がず瓶の口から飲むのが、彼のスタイルだ。わたしと同い年で、堀江で美容師をしている。店の近くのマンションで一人暮らしをしていて、仕事を終えたあとはほぼ毎日顔を出してくれた。

「何かあったん？」

わたしは、おでんを仕込みながら訊《き》いた。

カウンターには年代もののスコッチと焼酎《しょうちゅう》の瓶が肩を揃《そろ》えて並び、メニューにはカレーやキムチもある。堅苦しいオーセンティックなバーではなく、いわば〝何でもあり〟の店だった。

　午後十一時。客はF君だけだ。F君は大きく息を吐き、疲れた顔で言った。

「今日の朝、起きたら、俺ん家《ち》のベランダにコンビニ弁当の食べ残しがあったんですよ」

「買って帰ったんとちゃうの？」

　珍しいことではない。酔ってコンビニに行くと、別に欲しくはないものまでつい購入してしまい、翌朝決まって後悔する。

「でも、弁当の横にこれも落ちてたんです」

　F君がカウンターにピンク色のつけ爪《づめ》を置いた。

「何それ？」

　わたしは仕込みの手を止め、カウンターに身を乗り出した。

　やはり、爪だ。ネイル加工が施されており、銀色のラメで花模様が描かれている。手に取ろうとしたが、何だか気持ちが悪くてやめた。

「誰のやと思います？」

　F君が爪を見つめながら眉《まゆ》をひそめる。

「さあ……」

わたしにわかるわけがない。

「元カノのとか」

「別れたの一年前ですよ」

たしかに恋人がいれば、毎晩私の店に飲みには来ないだろう。

「ベランダのコンビニ弁当のゴミはどないしたん」

「もちろん、捨てたに決まってますやん。食べ残しが酷《ひど》くて、めっちゃ汚かったです」

「つまり、F君が留守の間に誰かが部屋に入ってたってこと?」

「そうとしか考えられないですよ……」

F君が泣きそうな顔になる。

「空き巣かな……何か盗られた?」

「それが何も盗られてないんですよ」

F君は、早くも《ハイネケン》を飲み干した。

朝五時を回っても、F君は飲み続けていた。

「どうやって、部屋に入ってきたんやろ。俺、鍵をかけ忘れてたんかな」

虚《うつ》ろな目で、さっきから何度も同じ台詞《せりふ》を呟《つぶや》いている。

「そろそろ、店を閉めたいねんけど……」

一時過ぎにやって来て騒いでいた他の客たちは、とっくに帰っていた。Ｆ君は酔いと眠気で意識が朦朧《もうろう》として、今にもカウンターに突っ伏しそうだった。

「お願いがあるんですけど」Ｆ君は、勘定を払いながら言った。「一緒に俺の部屋まで来てくれませんか」

「えっ？　何で？」

「また誰かがベランダで弁当食ってたら怖いんですよ」

そういうわけで、わたしはＦ君の部屋に行くことになった。

仕事を終えたばかりで疲れていたし、本来であれば断るところなのだが、好奇心が上回った。他人の家のベランダで弁当を食べる人間の顔を拝んでみたかったのだ。しかも、女の可能性が高い。もしかすると、小説のいいネタになるかもという下心もあった。

Ｆ君の部屋には初めて入った。マンションの三階の１ＤＫ。思ったより、片付いている。マンガが好きなのか、本棚に『スラムダンク』と『ドラゴンボール』が全巻揃っていた。

わたしとF君は、まずベランダをチェックした。

誰もいない。弁当の食べ残しもなかった。

「とりあえず飲みましょう」

F君が、ホッとした顔で言った。

コンビニで買ってきた缶ビールで乾杯した。すっかり夜が明け、窓からは朝日が差し込んでいる。缶ビールを一本飲み終えたら帰るつもりだったが、F君が「付き合ってくれたお礼に」と言って、シャンパンを出してきた。美容室の十周年パーティーのときにくすねてきたものらしい。出された酒は、遠慮なく飲むのがマナーだ。グラスがなかったので、わたしたちは湯飲みでグビグビとシャンパンを飲んだ。


目が覚めたら、夕方の五時だった。頭が猛烈に痛い。わたしは、まだF君の部屋にいた。

ローテーブルにメモとキーホルダーがついた鍵があった。

『昨夜はありがとうございました。鍵を閉めて帰ってください。今夜、お店に取りに行きますね』と書かれている。

あれだけ飲んだのにちゃんと起きて仕事に行ったのか……。そのタフさが羨《うらや》ましい。

さて、帰ろうかと立ち上がったそのとき、ベランダから、ガサリと音がした。

……コンビニの袋？

カーテンでベランダは見えないが、明らかに人の気配がする。二日酔いが吹っ飛んだ。恐怖で膝《ひざ》が震えてくる。

だ、誰だ？　もしかしてF君のドッキリか？

このまま逃げるべきか、ベランダを覗《のぞ》くべきか。ドッキリだったら、店で散々馬鹿にされるだろう。

しかし、空き巣だったらどうする？

わたしが寝ている間に、部屋に入ってきたのだ。ベランダから、ピチャピチャ、クチャクチャと何かを食べる音が聞こえてきた。

……弁当を食べているのか。

わたしは咄嗟《とっさ》に部屋を見回し、武器になるような物を探した。

一瞬、キッチンから包丁を取って来ようかと迷ったが、さすがにそれは大げさ過ぎるだろうと思い直す。ふと、ローテーブルの下を見ると、空になったシャンパンの瓶が転がっていた。

これでいいか……。

わたしは、シャンパンの瓶の口を握り、忍び足でベランダの窓に近づいた。カーテンの隙間《すきま》から覗いてみると、金髪が見えた。女だ、しかもギャルではないか。こっちからは後頭部しか見えず、顔は確認できないが、青いキャミソール姿でベランダに胡座《あぐら》をかいてコンビニ弁当をがっついている。

ど、どうしよう……。

やはり、注意したほうがいいのだろうか。自分の部屋ではないが、不法侵入には違いない。

窓を開けようとして、ギョッとした。鍵がかかっている。

どうやって、この女は三階のベランダに入ったのだ。しかも、女は裸足《はだし》である。

女が相手なら、危険も少ないだろう。なぜ、F君の部屋のベランダで勝手に弁当を食べるのか、どうやって侵入してきたのか、問いただしてやる。

わたしは鍵を外し、ベランダの窓を開けた。

「おい！　何してんねん！」

ドスの利いた声で脅《おど》しをかけた。しかし、女はガツガツと弁当を食べ続けている。

「警察を呼ぶぞ！」

まだ無視だ。女は割り箸《ばし》を動かす手を止めようとはしない。

「いい加減にしろや！」

弁当を取り上げてやろうかと、ベランダに一歩踏み込んだとき、わたしは初めて彼女の腕に気がついた。

両腕にリストカットの痕《あと》が無数にある。背筋が凍った。

しまった。下手《へた》に声をかけず、さっさと通報すべきだった。

女がピタリと弁当を食べる手を止め、ゆっくりと振り返る。わたしは、腰を抜かし
そうになった。いや、抜かして、四つん這《ば》いのまま逃げたのかもしれない。

無我夢中でF君の部屋から脱出したわたしは、マンション前の大通りでタクシーを拾い、堀江へと向かった。

……何だったんだ、今の顔は。

目の錯覚だろうか。口が異様に大きく見えた。大きいというよりは、裂けていたかもしれない。

そんな馬鹿なことがあってたまるものか。

わたしは、F君の美容室の前でタクシーを降りた。

ちょうど、F君は休憩中だった。血相を変えてやって来たわたしを見て、「近くの

カフェに行きましょう」と美容室を離れた。

カフェに入り、わたしの説明を聞きながらF君はカプチーノを飲んだ。

「それ……マジの話なんですか？　俺を脅かそうとしてません？」

わたしは何度も頷《うなず》き、エスプレッソに砂糖を入れた。手が震えてしまいテーブルの上にこぼしてしまう。

「シャブでラリってる子が迷い込んできたんかな……」

F君が、迷惑そうに呟いた。

「ドラッグで、あんなに口が広がると思う？」

「思うって言われても、俺は見てへんからコメントのしようがないですやん」

「耳たぶまで口が裂けてた」

わたしは、ベランダで見た光景を思い出し、さらに体を震わせた。一見、普通のギャルなのに、口は化け物そのもので、子どものころにマンガで読んだ《口裂け女》にそっくりだった。

「口裂けギャル？」

F君が自分の言葉にプッと吹き出す。

「笑いごとちゃうで」

「まだ体にシャンパンが残ってたんじゃないんですか？　ラリった女の子のメイクがメチャクチャだっただけかもしれんし」

「……口紅ってこと？」

「そう。ほっぺたまで口紅を引いてたのが、裂けてるように見えただけとちゃうかな」

　そう言われれば、そんな気もしてきた。ベランダから音が聞こえた時点で、軽いパニックになっていたのは否めない。

「とりあえず、警察に通報したほうがええんちゃう？」

「そうします。変な女が侵入したのには変わりないですもんね」

　F君はカプチーノを飲み、美容室へと戻っていった。ベランダの侵入者の正体がわかって、少しホッとした様子だった。


　一週間後——。

　わたしの店に、F君が久しぶりに飲みに来た。

「紹介します。彼女です」

　F君の隣には、あのときベランダにいたギャルが立っていた。口は裂けていない。

普通の女の顔だ。

「えっ……」

わたしは、言葉を詰まらせてしまった。

「ビックリ、しました?」F君は、少し照れながらも嬉《うれ》しそうに言った。「こんなことになってしまいました」

こんなことって、どういうこと?

まったく意味がわからない。

F君とギャルがカウンターに座る。近くで見ると、ますます普通の女の子だ。なんだったら、ちょっと可愛《かわい》い。メイクが濃いので、わたし好みではないが。

「ほらっ、自己紹介せな」

F君がギャルに催促する。ギャルが頬《ほお》を染めながら、小さい声で挨拶《あいさつ》をした。

「H美です。よろしくお願いします」

メイクに似合わず、礼儀正しい。

……普通の大きさだ。どうしても、口をジッと見てしまう。

あの日見たものは何だったのだろう。F君が言うように、ただわたしがシャンパンで酔っていただけなのか。

「じゃあ、説明しますね」

　F君がニヤニヤしながら語り始めた。

「H美は俺の部屋の上に住んでるんですよ。だから、俺の階のベランダに避難用のハシゴを使って下りてこれたわけです。弁当を食ってた理由は自分で言って」

　H美の顔がさらに赤くなった。

「ウチ、夢遊病なんです。子供のころから寝ながら歩いたり、冷蔵庫の中のものを勝手に食べてたりしました。最近は寝ながらコンビニのお弁当を食べるのと、メイクをするのが続いてまして……」

「朝起きたら、顔がピエロみたいになってるねんな？」

　F君が笑いながら言った。

　H美がコクリと頷く。

　やはりあれはわたしの目の錯覚だったのだろうか。だけどもどうも納得できない。耳まで裂けた口はあまりにもリアルだった。黄色い歯についた弁当のおかずのカスや涎《よだれ》まで見えたのに……。

「もしや上の住人かと思って、俺がH美の部屋を訪ねたんですよ。それがきっかけで付き合うことになりまして」

わたしは、心に引っかかるものがありながらも、幸せな二人にハイネケンの瓶ビールを奢《おご》った。


それから、三カ月後――。F君とH美が結婚した。

「いわゆるデキちゃった婚ってやつです」

一人で飲みにきたF君が、頭を掻《か》きながら報告した。

すっかり口裂けのことなんか忘れていたわたしは、素直に喜んだ。

「お願いがあるんですけど。結婚式でビデオを撮ってくれませんか？　もちろん、ギャラは払いますんで」というF君の頼みも快くオッケーした。映画の専門学校を中退したわたしは、仲間と映像会社を立ち上げようとしていた。

「ビデオカメラだけ用意してや。持ってたやつが壊れて、まだ新しいの買ってないし」

「今度、誰かに借りて持って来ます」

ビールを飲むF君の顔は幸せに満ちていた。

結婚式の三日前、F君とH美がビデオカメラを持って来た。結婚式当日は何かと忙しいだろうから、前もって準備してくれたのだ。

その日は前祝いだということで店を早く閉め、わたしたち三人は難波《なんば》に繰りだして、ビデオカメラでお互いを撮りながら馬鹿騒ぎをした。三軒ほど知り合いの飲み屋を渡り歩いて知り合いからコメントを貰《もら》い、カラオケボックスで熱唱する様を撮った。

わたしとF君は、いつも以上に酒をガブ飲みし、カラオケボックスのソファにひっくり返り、寝てしまった。

どれくらい眠ったかは定かではないが、ふと目が覚めた。

ピチャクチャという耳障りな音がする。わたしは、言いようのない寒気に襲われ、薄く目を開けた。H美が、異様に猫背になりながら、テーブルの唐揚げやパスタを手《て》摑《づか》みで食べている。

……口が耳元まで裂けている。

わたしは寝返りを打つふりをしながら、手元にあったビデオカメラの録画ボタンを押した。

またわたしが酔っぱらっているだけなのか？

しかし、H美が化け物のような顔になっているのは間違いない。この前は一瞬見ただけだったが、今は薄目を開け、じっくりと確認しているのだ。

これはメイクなどではない。口が裂けている。両腕にも、さっきまでなかったリストカットの痕が浮かび上がっている。まるで何かに取り憑《つ》かれているようだ。

わたしにはまったく霊感がないし、幽霊の類《たぐ》いは信じていなかった。できることなら、今回も酒のせいだと思いたい。だからこそ、ビデオカメラで撮った。シラフのときに確認すれば、H美の正体もはっきりする。

となりのソファで寝ていたF君が、大欠伸《おおあくび》をしながら目を覚ました。

F君、H美の姿を見てくれ。

だが、不思議なことにH美は普通のギャルに戻っていた。

一体、どうなっているんだ……。

わたしも数分ほどしてから、目が覚めたふりをして二人にバレないように、ビデオカメラの停止ボタンを押した。


翌日——。

わたしは、自分の部屋のベッドで目を覚ました。シャワーを浴びて頭をクリアにする。

よしっ。酒は残っていない。ベッドの上に座り、ビデオカメラでカラオケのシーンまで送る。勝手に鼓動が速くなる。もしそこにH美の正体が映っていたら、F君に結婚をやめるよう説得しなければ。

問題のシーンに差し掛かった。H美が猫背になりながら、テーブルの料理を食べている。

何だ……これは？

H美の顔は、やはり口が裂けていた。そして目線は、じっとカメラに向いている。

……撮られていることに気づいている！

思わずビデオカメラを落としそうになった。H美は手摑みで唐揚げを食べながら、カメラを見てニンマリと笑っているのだ。

どうする？

この映像をF君に見せるのか？

そのとき、わたしの部屋のベランダから音がした。カーテンは閉まっているが、明らかに人の気配がする。

心臓が止まるかと思った。呼吸が浅くなり、息苦しさに目眩《めまい》がする。

逃げなきゃ……。

しかし金縛りにかかったように体が痺《しび》れていうことを聞いてくれない。

ガサリとコンビニの袋を開ける音がした。次にグチャグチャ、ペチャペチャと何かを食べる音がした。人のベランダで勝手に何食ってるんだよ。

わたしは四つん這いになりながら、キッチンへ行き包丁を手に取った。

戦って勝てる相手なのか？

わたしは立ち上がり、部屋に戻った。カーテンを開けベランダを覗く。

男がコンビニの弁当を食べていた。耳元まで口が裂けたF君だった。

わたしはそこで気を失った。

数時間後、フローリングの床で目を覚まし、夢を見ていたのだと自分を無理矢理納得させた。ビデオカメラの映像は消去し、ベランダのゴミを片付けた。

一カ月後——。

新婚旅行から帰ってきたF君とH美が店に飲みに来てくれた。二人とも、とても幸せそうだった。

わたしは、用意していた結婚祝いを渡し、《ハイネケン》の瓶ビールをご馳走した。

ときめき過ぎる男

後輩のRほど困った男をわたしは知らない。

とにかく彼は終始浮ついている。そして信じられない不幸に毎回襲われるのだ。Rはわたしの店のアルバイトで、バーテンダーとしてやってもらっているのだが、客からのクレームが絶えなかった。

たとえば、パスタを作らせればフライパンが折れてしまう。そんなことがありえるのかと疑問に思うだろうが、本当の話である。目撃者の話だとRが納豆パスタを作っているときに、フライパンの把手《とって》がポキリといってしまったそうだ。

店に来た美人にデートに誘われ、気がついたら二百万円の絵のローンを組まされていたなんてこともある。

大阪という土地柄、Rが店に入っている日はカウンターの客が全員ツッコミになってしまう。

ところが、当の本人は自分が弄《いじ》られているという自覚はまったくない。わたしが「R、お前またやらかしたらしいな」と訊《き》いても「何がですか？」と素知らぬ顔なので、ついこちらも苛《いら》ついてしまう。

美人な女にコロリと騙《だま》されたエピソードでお気づきだろうが、Rは何かと「ときめき過ぎる」男である。しかも、ときめきの対象は女だけとは限らない。何に対してもときめくのだ。たとえば深夜の通販番組で、〝限定販売〟という言葉につられてマイケル・ジャクソンの時計をつい買ってしまうのがRだ。

言っておくが、Rはマイケル・ジャクソンのファンでも何でもない。

「何でかわかんないですけど、買わなあかんと思っちゃったんですよね」とRは語っている。

ちなみに、その時計をつけているところをわたしは見たことがない。

そんなRの性格のせいで、ある事件が勃発《ぼっぱつ》した。

Rは酒がまったく飲めない。

弱いというより体質的に受けつけず、飲むと気絶するように眠ってしまうのだ。

なんでそんな男がバーテンダーになりたかったのかさっぱりわからないのだが、とにかくバーテンダーにとっては致命傷である。だから仕事中のRはいつも、ジュースを飲んでやり過ごしていた。お気に入りはクランベリージュースだ（なので、ウチの店はクランベリージュースの減りが異様に早い。迷惑だ）。

ある日、Rがニコニコ顔で出勤してきた。この顔をしているときのRはロクなことをしないから要注意だ。余談だが、Rはロバに似ている。

「これ買ったんですよ」

Rがカウンターに小さな木箱を置いた。

「何やねん？　見せてみろや」

また余計なものを買いやがって……。思わず説教したくなるのをグッと堪《こら》える。Rが、得意気な顔で木箱の蓋《ふた》を開けた。

「どうですか？　めっちゃカッコいいでしょ。これでクランベリージュースを飲めたら美味《おい》しいやろうなと思って」

陶器のマグカップだった。暗い色で、不気味な仮面の絵が描かれている。わたしは、しばし絶句したが、Rのテンションを下げたくなかったので話を合わせた。

「どこで買ってきてん」

「アメ村です。メキシコ人が露店でアクセサリーとか骨董《こっとう》とか売ってたんですよ。僕がマグカップを眺めてたら安くしてくれました」

「いくらにしてもらってん」

「五千円を千円です。お得でしょ」

ときめいたか……。どうみても、こんな小汚いカップにそんな価値があるとは思えない。

まあ、いつものことかと諦《あきら》めた。

しかし、その日から奇妙な出来事が立て続けに起こり始めたのである。

Rが一人で店番をしているときのことだった。

早い時間で客はまだ来ず、Rはお気に入りのマグカップでクランベリージュースを飲みながら雑誌を読んでいた。

そのとき突然、店の前の植木に乗用車が突っ込んできたのである。

Rは驚いて表に飛び出した。幸い運転していた女性は軽傷で済んだが、車のボンネットは大破し、植木もポッキリと折れていた。

そして三日後。また同じ場所に乗用車が突っ込んできたのである。今度は電柱にぶつかり運転手は救急車で運ばれた。そのときも、Rはお気に入りのマグカップでクランベリージュースを飲んでいたらしい。

「不思議なことがあるもんですね。同じ場所で交通事故が起こるなんて」

Rが他人事《ひとごと》のように言った。

「危ないにもほどがあるよな。たまたま誰も通ってなかったからええものを……」

わたしは不安な気持ちを抱えたまま、店の前を掃除した。飛び散ったガラスや血痕が残っている。もし、店の前にウチの客がここを歩いてたりしたら死亡事故になっていたかもしれない。

「このカーブがいけないんすかね？」

Rの言うとおり、店の前には大きな道路があり、ゆるやかなカーブになっている。

「たしかに、カーブと思わずに直進する奴《やつ》がいてもおかしくはないわな」

とはいえ、四日の間に二回も同じことが続くと、さすがに気味が悪い。

「幽霊のしわざかもしれませんね」

Rが冗談ぽく笑った。というのも、店から三十メートル離れた並びに、寺と墓場があるのだ。

「変なこと言うなや」

わたしは、その日は早番で上がった。

深夜、またもやRが一人で店番をしているとき、店のドアに大型バイクが突っ込んだ。

これには、さすがにまいった。カーブを曲がり切れず転んだバイクが、そのままスピンしながら歩道に乗り上げてきたのである。

運がいいことに、運転していた若者は打撲程度の怪我《けが》で済んだが、とばっちりを食ったのはこっちだ。店のドアは半壊し、修理するまで営業もできなくなってしまった。

三回連続の事故。

しかもすべてRが一人で店番をしていたときに起こった。どれだけ鈍感な奴でも気味が悪くなる。

しかしRの鈍感ぶりはギネス級だった。「御祓《おはら》いしてもらったほうがええんとちゃう？」と、常連客から言われても、キョトンとした顔で「何で？」と返す始末だった。

店のドアが直り、営業が再開された。

ちょうどこの時期のわたしは、某雑誌でグルメライターの仕事をしていてそれなりに忙しく、なかなか店に入れずにいた。自《おの》ずとRに店を任せっきりの状態になった。アルバイトがRしかいないのだから仕方ない（もう一人働いていた若者がいたのだが、借金取りが店にまで来て、失踪《しっそう》してしまった）。

ある夜、Rが一人で店番していると、常連の女の子が飲みにやってきた。

ミナミのキャバクラで働いている子で、小柄で可愛《かわい》く、ウチの店の裏手のマンションに住んでいる。お酒も強いが、ウチの店では健康のために、コーラやウーロン茶しか飲まない。どちらかというと、おでんやカレーを食べるために来てくれる。

そんな子がその夜、何かに取り憑《つ》かれたようにウチの店で大暴れした。

「キツネみたいな顔でしたよ」

次の日Rが怯《おび》えた顔で言ってきた。

わたしは店にやってきて唖《あ》然《ぜん》とした。グラスの破片がそこら中に飛び散り、椅子は壊れ、クリーム色の壁にわずかだが血痕まで付いている。

「キツネって何やねん？」

「だから、暴れた女の子の顔です」

「変なクスリでもやってたんちゃうやろな」

「いや、途中まで全然普通でしたよ。それがいきなり、奇声を上げながら椅子を持ち上げて振り回したんです」

「マジでか……」

「はい。めちゃくちゃビビりました」

Rは、去勢されたロバのような顔で頷《うなず》いた。

「そのとき、お前は何をしとってん」

「クランベリージュースを飲んでました。危うくお気に入りのマグカップを割るところでしたよ」

わたしが、今すぐ割ってやりたい。どうして、店がこんなになる前に止めてくれなかったのか。

「結局女の子はどうしてん？」

「椅子が壊れたら今度は素手で壁を殴《なぐ》りだして。泣き叫びながら帰っていきました」

やはり危ないクスリをやっていたとしか思えない。

「今日はええわ。お前は帰れ」

当分わたし一人で店番をすることにした。


その日の夜、斜め向かいの焼肉店のオーナーが飲みに来てくれた。

「かっこいいのがあるやん。そういうの前から欲しかってんなあ」

オーナーは、ボトル棚の端に置いてあったRのお気に入りのマグカップを指した。

「よかったらあげますよ」

わたしは軽い気持ちで言ってしまった。

Rのお気に入りだとはわかっていたが、もっといいものをあとで買ってやればいいと思ったのだ。

それにマグカップに描かれている不気味な仮面の絵が、ずっと気になっていた。それに、Rがこのマグカップを購入してから、クランベリージュースの減りがさらに早くなったのを止める意味合いも込めて手放したかった。

わたしはボトル棚のマグカップを手に取り、焼肉店のオーナーの前に置いた。

「どうぞ。持って帰ってください」


一週間後――。

Rは店に新しいマグカップを持ってやってきた。有名な某イラストレーターの絵が描かれている。

「知り合いのギャラリーで見つけたんです」

Rは嬉《うれ》しそうに言った。

「前のマグカップやねんけど……」

わたしは正直に、焼肉店のオーナーに譲ったことを告げた。

「別にいいですよ。僕にはこれがありますし」

Rがケロッとした表情で言って、愛《いと》おしそうに新しいマグカップを撫《な》でる。ときめくのも早いが飽きるのもあっという間だ。ポリシーというものがないから、他人からおちょくられてしまうんだと説教したくなったが、堪えた。

「ごめんな、勝手にあげてしまって」

「気に入った人が使うのが一番いいですよ」

Rはそう言いながら、新しいカップにクランベリージュースを注いだ。


二日後——。

斜め向かいの焼肉店で事件が起きた。

焼肉店のオーナーが、奥さんを肉切りナイフで刺したのである。たまたまコンビニで買い物をしようと思い、私は店を出たところだった。

焼肉店の前に人だかりができていたので「ケンカでもあったんかな」とヤジ馬の輪に加わった。

女の人がアスファルトの上にうつ伏せに倒れている。

しかも、血まみれだ。焼肉店の玄関先から血痕が点々と続いていた。

えっ……死んでんのか？

よく見ると、女の人の背中が呼吸するたびに動いている。

「何があったんですか？」

わたしは隣に立っていた中年の男に訊いた。

「焼肉店の主人が突然暴れだしたんや。ほんま度肝《どぎも》を抜かれたわ」

どうやら中年の男は、ついさっきまで焼肉店で食事をしていたようだ。

「別に奥さんと夫婦ゲンカをしてたわけとちゃうんやで。普通にニコニコ顔で営業しとったんやけど、いきなり包丁を振り回して奥さんを刺してもうてん」

「マジですか……」

わたしはヤジ馬の輪から離れて焼肉店の店内を覗《のぞ》き込んだ。真っ青な顔で床に胡座《あぐら》をかくオーナーを交番の警察官たちが取り囲んでいる。

信じられない光景だった。焼肉店のオーナーは人柄もよく温和な性格で奥さんとも仲が良かった。二人でわたしの店に来てくれたこともある。

……一体、何があってん。

ふと、焼肉店のカウンターに目をとめるとあのマグカップがあった。


焼肉店の事件を目撃したわたしは、すぐにRに電話した。

「いくら何でもマグカップは関係ないでしょう」

Rが受話器の向こうで笑いながら言った。

「でもあまりにも変なことが続き過ぎやろ」

三回連続で交通事故が起こり、二人の人間がいきなり理由もなく暴れだした。しかもその現場にはすべて不気味な仮面が描かれたマグカップがあったのだ。

「呪《のろ》いのマグカップってやつですか」

Rはまだ笑っている。

「アメ村で買ったって言ったな」

「そうです。メキシコ人の屋台です」

「その屋台が、アメ村のどこにあったのか教えてくれや」

「えっ？　何でですか？」

「ええから教えろ」

モノ書きとしての好奇心だ。たしかに、Rの言うとおりマグカップは関係ないと本心では思っていたが、話のネタとしてメキシコ人に会ってみたい。

Rから屋台の場所を聞いたわたしは、早速タクシーに乗って難波《なんば》にあるアメリカ村へと向かった。

三角公園から少し離れたところに小さな屋台が出ていた。

メキシコ人かどうかはわからないが、南米系の男が退屈そうな顔で立っている。

わたしは偶然通りかかったふりをして露店に近づいた。何てことのない地味な店だ。

どうでも良いようなアクセサリーや雑貨を値札も付けずに並べている。

……あれ？

わたしは思わず足を止めた。

Rのお気に入りだったのと同じ仮面のマグカップが三つ売れ残っていた。

「ヤスイデ。メチャ、ヤスイデ」

メキシコ人が、カタコトの大阪弁で話しかけてきた。

「コレ、ホシイカ？　ヤスイデ」

仮面のマグカップを手に取り、わたしに渡してこようとする。

「いや、いらんよ。見てるだけやし」

わたしは手を振って、マグカップに触るのを拒否した。呪いのマグカップだと信じてるわけではないが、何となく手にするのが気持ち悪い。

「コレ、トクベツナノヨ。スゴイ、カップ」

鶏《とり》みたいにガリガリに痩《や》せたメキシコ人がニタリと笑って言った。上の前歯二本とも金歯だ。

「どう、凄《すご》いねん？」

「ネガイ、ナンデモ、カナウネン」

……願いが何でも叶《かな》うだと？　そんな素晴しいアイテムを露店で売っている時点で

怪しい。と思いつつ、気になって仕方なくなった。

「いくら?」

わたしはマグカップの値段を訊いた。

「ゴヒャクエンヨ」

Rが買った値段の半額ではないか。

「……ひとつちょうだい」

わたしは思い切って買ってみることにした。

「マイド!」

メキシコ人が再び金歯を見せる。

少し怖いがマグカップを持ち歩いてみよう。真実を知るには、それが一番手っとり早い方法だ。


半年後——。

年が変わり、わたしはマグカップを買ったこと自体、忘れていた。

思い出したきっかけは、小説家デビューの話が来たからだ。信じられない幸運が重なり、東京の出版社の編集者と会えて、その場で小説を書くことが決まった。

小説家になるのは昔からの夢のひとつだったから、わたしは大喜びした。

そのとき食器棚の奥で埃《ほこり》を被《かぶ》っているマグカップを思い出したのだ。

……願いが叶ったのか？　それならそれでラッキーか。

わたしはすぐにマグカップのことを考えなくなった。小説を書き上げなければ、デビューもへったくれもない。

執筆に追われる日が続き、いよいよわたしのデビュー作の載った雑誌が本屋に並ぶ日がやってきた。

そんな折、身内がささやかなパーティーを開いてくれた。場所はわたしの店で、友人や常連客が集まった。当然Rもバーテンダーとしてやってきた。パーティーは朝まで盛り上がり、客たちが帰ったあと、わたしはRと二人で店の片付けをした。

「小説家になれるなんて凄いですよねえ。本当、嬉しいです」

Rはグラスを拭《ふ》きながら、自分のことのように喜んでくれた。わたしは「もしかしたら、あのマグカップのおかげかも」と言おうとしてやめた。「そんなわけないじゃないですか」と笑われるのがオチだろう。

代わりにひとつの質問をした。

「なあ、R。お前、願いごとってあるか？」

「いきなりですね」

「ええやんけ。教えてくれや」

「実は去年まで鬱《うつ》っぽかったんで、いらんことばかり考えてました」

「……たとえば？」

Rはしばらく宙を見つめ、ロバみたいな顔で苦笑いをした。

「毎日、みんな死んじゃえばいいのにって思ってましたよ」

真夏の妊婦

八月生まれのわたしは、夏が好きだ。

少し涼しくなってきた夕方に、生ビールを飲みながら店を開けるのは心が躍る瞬間だ。

わたしはおでんの仕込み（夏はチゲ風の味付けである）をしながら、サザンオールスターズを聴き、二杯目の生ビールを飲み干した。

さあ、次は何を飲もうか。

酒を愛し過ぎてバーをやっているのだから、この瞬間が幸せでたまらない。何せ、店にあるすべての酒が飲み放題なのである。バーボンをソーダで割るか。ジンをトニックで割ってライムをたっぷりと搾るか。

いや、今宵《こよい》はラムで攻めよう。《モヒート》だ！

モヒートとはキューバが発祥のカクテルで、かのヘミングウェイも愛飲していたことで有名だ。ラムに、ライムと砂糖とミントを加えて、バースプーンですり潰《つぶ》す。それをソーダで割ると、まあ真夏にはピッタリのドリンクができる。

《モヒート》が頭に浮かんだら、もう他の飲み物のことは考えられない。わたしはさっそく冷凍庫の中から《バカルディ》を取り出した。しかし冷蔵庫を開けて愕然《がくぜん》とした。ミントを切らしているではないか。

わたしはおでんの火を止め、小走りで店を出た。近所のスーパーでミントを買うためだ。たまに売り切れていることがあるので、どうしても焦《あせ》ってしまう。

店の前の大通りを渡ろうとしたとき、ふと向かいのコンビニに目がいった。

女が立っている。緑色のワンピースを着た、お腹《なか》が異常に大きな妊婦だ。何をするわけでもなく、虚《うつ》ろな表情で突っ立っていた。

だが、さほど気にすることもなく、わたしは妊婦の横を通ってスーパーへと向かい、ミントを手に入れた。


その日の営業はかなり忙しく、夜中まで客が途切れなかった。

午前二時。氷を切らしたので、向かいのコンビニで買おうとドアを開けたわたしは「えっ」と小さく声を上げた。

夕方と同じ場所に、さっきの妊婦が立っているのである。

おいおい……。まさか夕方からずっと立ってるんとちゃうやろな。

最初に目撃したのが夕方の五時前だったので、約十時間も立ち続けていることになる。

とりあえずは氷を買わなければ。店はまだ営業中なのである。わたしは大通りを渡り、コンビニに入ろうとしたが、妊婦が気になって仕方ない。

見るからに幸の薄そうなタイプの女だった。雰囲気だけで判断すれば、水商売にどっぷり浸かって抜け出せていないオーラが出ている。年齢は三十代の前半といったところか。熱病に冒されたような目をして顔を紅潮させ、びっしょりとかいた汗が濃い化粧を浮き上がらせていた。肩まで伸びた茶色の髪の毛はパサパサで酷《ひど》く傷み、ワンピースから剝《む》き出しの肩には赤茶色の吹き出物が無数にできていた。

しかも妊婦は、ブツブツとうわごとを呟《つぶや》きながら、シャリシャリと吹き出物を掻《か》いている。

これはちょっと……関わりたくない。

妊婦というのが気になるが、明らかに正気ではないのだ。酒に酔っている風でもないから、たぶんドラッグだ。このD町は決して治安のいい場所ではなかった。児童公園に使用済みの注射器が落ちていたり、店の外でタバコを吸っていたら車が横に停まって「ハッパあるか？」と売人に間違われたこともある。

コンビニの斜め向かい（わたしの店の隣）には、交番があるのだ。この妊婦は、たぶん警察が何とかしてくれるだろう。いずれにしても、そのうちコンビニの店員が通報してくれるはずだ。

わたしはそう自分に言い聞かせて店に戻った。

店はそこからまた盛り上がった。わたしは忙しさに目を回し、いつのまにか店のソファで寝てしまっていた。目が覚めたのは午後一時。喉《のど》が渇いたわたしは、好物のスイカバーが食べたくなり、コンビニへ行こうとした。

ホンマか……。

店を出たわたしは息を飲んだ。

コンビニの前で、真夏の太陽に照らされながら、あの妊婦が立っている。昨日の夕方から数えると、妊婦は二十時間近くコンビニの前にいることになる。

いやいや、それはありえないだろう。

途中で家に帰るなり、どこかに座るなりしたはずだ。あんなにも大きなお腹では限界がある。

しかし服装は、昨日と同じ緑色のワンピースだ。やっぱり家には帰っていないのか……。

ドラッグには、時に人間の限界を超えさせる力がある。シャブを打てば丸二日一睡もしないで仕事ができると豪語していたダイニングバーの店長もいた（現在は消息不明）。関わりたくないが、これ以上放ってはおけない。何よりお腹の赤ちゃんが心配だ。

わたしは大通りを渡らず、隣の交番に行った。

「すみません……あの……」

覗《のぞ》いてみたものの、無人だった。ここの交番は誰もいないことが多い。よほどパトロール好きで職務に熱心な警官ばかりが勤めているのだろう。

「すみません！」

声を張り上げたら、奥から眠たそうな目の警官が出てきた。年齢は四十歳ぐらい。腹は出ているが肩幅はがっしりとした柔道家タイプだ。

「どうかしました？」警官が不機嫌そうに訊《き》いた。

「あの人の様子がおかしいんですけど……」

わたしは、大通りの向こうの妊婦を指した。交番からコンビニの入口はよく見える。

「どうおかしいの？」

警官が首を捻《ひね》る。わたしは妊婦がかれこれ二十時間同じ場所に立っていることを説明した。ドラッグでラリッてるんじゃないかというのは伝えなかったが、体調が非常に悪そうだと添えた。

「ふーん。電波系やな」警官はそう言って、頷《うなず》くだけだった。「まあ、ほっといたらそのうち帰りよるやろ」

信じられないことに、警官も関わるのを拒否した。

ど、どんな警官やねん……。わたしは心底呆《あき》れてしまった。

地域の安全を守るために交番があるのではないのか。何もしてくれないのであれば、交番のある場所を更地にして駐車場にでもしたほうがマシというものだ。わたしは困り果てた。警官の言うとおり放っておいていいのか、それともこちらから何かアクションを起こすべきか？

妊婦に話しかけてみようかと考えたが、どうも勇気が出ない。地元のヤンチャな常連客から、ドラッグで正気を失った人間の恐ろしさを何度も聞かされているからだ。

わたしは大阪出身ではあるが、ここから大きく北に外れた閑静な住宅地で育った。いわゆる〝ボンボン〟というやつだ。なぜそんな人間が、大阪でも有数の治安が悪いこの街で店を開いたのかはさておき、わたしは必要以上に、危険な臭《にお》いには鼻を利かせるよう心がけてきた。

常連客から聞かされた話の中でも、一番震えあがったのが『定食屋のオヤジ』事件である。

十年ほど昔の話で、わたしがこの土地を訪れる前の出来事だが、ある夏の昼下がり、定食屋のオヤジが、出刃包丁《でばぼうちょう》を持ってフラリと店から出てきて暴れたらしい。二人が死に、そのうちの一人は小学生だった。

何が怖いのかと言えば、定食屋のオヤジは日頃から素行の悪いキャラではなく、普通のオッサンだった。「まさか、シャブに手を出すなんて」と家族や近所の連中までもが驚いたそうだ。一瞬で人生を棒に振る機会が自分にも訪れるかもしれないと考えて、大げさではなく毎日警戒していた。

それでも妊婦に声をかけることにした。最悪救急車を呼べばいい。

わたしは大通りを渡り、妊婦に近づいた。

「大丈夫ですか？」

勇気を振り絞って妊婦に声をかけてみた。

返事はない。妊婦は虚ろな目で宙を見ながらブツブツと何かを言っている。一応、日本語をしゃべっているのはわかるが、内容までは聞き取れない。

あかん……完全にラリッてるやん。

「大丈夫ですか？　昨日からずっとここで立っていますよね？」

今度は少し大きめな声で言った。さらに妊婦に近づこうとしたら、異臭が鼻孔《びこう》を襲い思わず仰《の》け反《ぞ》ってしまった。ただの汗の臭いではない。獣《けもの》のような刺々しい臭いが妊婦の体から立ち込めている。

妊婦は、わたしが目の前にいることにも気づいていない様子だ。まるで誰かを待っているように、大通りの向こうを見ている。

このままではらちがあかない。わたしはコンビニへと入った。

「店長さん、おる？」

わたしはアルバイトの女の子に訊いた。毎日ここで買い物をしているので、知らない顔でもない。

「それが……昨日から休んでいるんです」

アルバイトの女の子が言い辛そうに俯《うつむ》いた。

「夏風邪《かぜ》を引いたみたいで……」

店長は三十代後半の、健康を絵に描いたような色黒の男で、そう簡単に体を壊すタイプには見えなかった。事実、店長が仕事を休んでいるなんて初めてだ。いつ見ても働いているので（たぶん人件費を節約しているのだろう）、双子かもしくは三つ子が交替で働いているのではなかろうかと冗談の種にもなっていたぐらいだ。

アルバイトの女の子が怯《おび》えた顔で外を見た。

「あの女の人も店長を待っているみたいなんです……」

「えっ？　店長と知り合いなん？」

「さあ……初めて見る人なんですけど」

アルバイトの女の子が首を捻る。

たしかに、あの妊婦はわたしも見たことがなかった。この近所に住んでいるとは思えない。と言っても、わたしも不規則な生活をしているので、時間帯によっては、まったく会わない住人もいるが。

「救急車を呼んだほうがええんちゃうかな」

「私がですか？」

アルバイトの女の子が、あからさまに嫌そうな顔をした。

「だって、お店の前におったら邪魔やろ？」

「立ってるだけなので、別に邪魔というわけではないですし……」

関わりたくないのは誰もが一緒か。こうなったら仕方がない。わたしは自分の携帯電話で救急車を呼んだ。

五分ほどでコンビニの前に救急車がやってきた。救急隊員に事情を説明して、妊婦を病院に運んでもらおうとしたが、妊婦は頑として動こうとしない。

「救急車に乗ってもらえますか？」

救急隊員がいくら話しかけても、妊婦は反応しなかった。相変わらず宙を見つめて、ブツブツと何かを呟いている。三人の救急隊員が、困惑した表情で顔を見合わせた。相手が妊婦だけに、強引に乗せるわけにもいかない。

「さあ、乗りましょうか」

痺《しび》れを切らした救急隊員が、妊婦の腕を摑《つか》んだ。その瞬間、妊婦の首がぐるりと回り斜め後ろに立っていたわたしを睨《にら》み付けた。充血した目で、ジッとわたしを見ながら〝ある言葉〟を呟いた。

手間取ったが、ようやく妊婦が救急車で運ばれていった。

「これでひと安心ですね」

アルバイトの女の子はそう声をかけてくれたが、わたしに届かなかった。妊婦がわたしに呟いた言葉が頭から離れなかったからだ。

「待っていたのに」

妊婦の口は、そう動いたように見えた。

その日の営業は、まったく集中できなかった。

救急車で運ばれていった妊婦が気になって、店の窓からコンビニをチラチラと覗いたりもした。

妊婦は本当にコンビニの店長を待っていたのだろうか。「もしや、お腹の中の子供は……」と良からぬ想像をしてしまう。それに店長が夏風邪で休んでいるというのも怪しい。

わたしが物書きになったのは、好奇心が強い性分だからだ。一度疑問に思ったり、興味を持ったことが、中々頭から離れてくれない。わたしはソファで仮眠をとったあと、朝イチで妊婦の運ばれた病院に行くことにした。

午前十時。わたしは店を出て、タクシーに乗った。

妊婦が運ばれた病院は、昨日救急隊員に聞かされていた。最初は妊婦の関係者だと勘違いされ、病院までついてきてくれと言われたのだ。

会ったところでどうする？　やめといたほうがいいんじゃないか？　コンビニの店長とさほど親しくもないのに、余計な詮索《せんさく》をして何の意味がある？

タクシーに乗りながら自問自答した。だが、病院にいることだし、さすがにドラッグは抜けているだろうと、勝手に決めつけてもいた。

……お腹の赤ちゃんの無事だけでも確認しよう。

何とか自分に言い聞かせて病院に着いた。受付で妊婦の病室を訊こうとしたとき、異変に気づいた。受付横のロビーのベンチに、緑色のワンピースが見えた。

あの妊婦が座っている。体を小刻みに揺らして肩を掻きながら、ブツブツと呟いていた。

病室から抜け出したのか?

わたしはそっと妊婦の背後に近づいた。ちょうど並んでいるベンチが空いている。音を立てないように座り、妊婦の呟きに耳を傾けた。

「ちがうちがうちがうちがうちがうちがうちがうちがうちがうちがうちがう」

えっ? 「違う」と繰り返しているのか? 声が小さ過ぎてやはり聞き取りづらい。ちゃんと診てやれよ。妊婦なんだぞ。病院に対して腹が立ってきた。明らかに様子がおかしい患者を放置するなんて、いい加減にもほどがある。

「ちがうちがうちがうあいつじゃないあいつじゃないちがうちがうあいつじゃない」

今度はもう少し妊婦の言葉が聞き取れた。「あいつじゃない」と言っている。妊婦は誰かを探しているのだ。

「あれ? どうもどうも」

わたしのうしろから声がした。

振り返って驚いた。コンビニの店長が立っているではないか。隣には奥さんらしき女と息子らしき少年がいる。

「どこか体を悪くしたんですか？」

コンビニの店長が明るい顔で話しかけてくる。

「いいえ。知り合いが入院しまして、お見舞いです……」

咄嗟《とっさ》に嘘《うそ》をついてしまった。妊婦の顔は見えないが、背中に視線を感じる。

……絶対、こっちを見ているぞ。コンビニの店長は、まだ妊婦の存在には気づいておらず、健康そうな顔で健康丸出しの笑みを浮かべている。

「いやあ、柄にもなく夏風邪をこじらせて肺炎になっていたんですよ。もう歳ですわ」

コンビニの店長は、二日間の入院生活がいかに苦痛だったかを元気良く語り、家族とともに去っていった。その間妊婦はずっとこちらを見ていた。コンビニの店長の視界にも入っていたと思うが、店長の素振りには動揺した様子はなかった。つまり、コンビニの店長は妊婦を知らないということだろう。

だが、妊婦は嬉《うれ》しそうに笑い、立ち上がって呟いた。

「みつけたみつけたみつけたみつけたみつけたみつけた」

結局、妊婦の目的は何だったのだろう。

わたしは考えるのをやめた。ただ単純に、妊婦がドラッグでラリッていただけで、彼女の行動には何の意味もないと判断した。

タクシーに乗って家に帰り、妊婦のことを忘れるために寝た。

それから一週間、本当に妊婦のことは忘れていた。

その日の営業は暇だったので、店を早めに閉めて常連客のM島さんとミナミに繰りだすことになった。

「なかなか、ええ店があるねん。連れてってやるわ」

M島さんは四十代前半の独身で、職業は何をやっているかはわからないが（本人はデザイナーと言っていたが、服装のセンス的にそうは思えない。いつも中日ドラゴンズの帽子をかぶっていた）、小金を持っている不思議な客だった。まあ客の半分が何かしら不思議（もしくは変）なので、特別気にもしていなかったが。

「この店や。わしの名前でキープしてるから好きなだけ飲んでええぞ」

どこに連れてってくれるのかと思いきや、飲み屋ビルの一角にあるスナックだった。

キープと言っても、どうせ安い焼酎《しょうちゅう》のボトルだろう。

「M島さん、いらっしゃい！」

ドアを開けると、水商売の女性特有のハスキーボイスが飛んできた。わたしは勧められるままカウンターに座り、店内を観察した。

「今日はT子はおらんのか？」M島がママに訊いた。

「お手洗いよ」

「何や、でっかいウンコでも気張ってんのか」

「来てそうそう下ネタかいな。最悪やね」

水が流れる音がしてトイレのドアが開き、緑色のワンピースを着た女がにこやかな笑顔で出てきた。

もう少しでわたしは椅子から落ちるところだった。

あの妊婦だ。いや、妊婦ではない。彼女の腰は見事なまでにくびれていた。

T子はごく普通の女だった。ドラッグに溺《おぼ》れて抜け出せない生活を送っているようには見えない。客たちと大笑いし、力強い声でカラオケを歌っている。

別人？　いや、違う。顔も服も肩にできた吹き出物まで《妊婦》と同じだ。

わたしは嫌になってきた。もちろん、恐ろしいという気持ちはあった。しかしそれよりも、D町で店を開いてから立て続けに起こる不可思議な現象に、これ以上巻き込まれたくなかった。D町は時空でも歪《ゆが》んでいるのか？　このままではさらなる暗黒に引きずり込まれそうな気がする。

そんなことをウダウダと考えながら飲んでいたら、痛烈に酔ってしまった。わたしはM島さんに先に帰ると言ってスナックを出た。

どこをどう歩いたのかわからない。気がついたら朝で、わたしは小便臭い路地裏で寝転がっていた。夏だからよかったものの、冬なら確実に体を壊している。わたしは酔いを覚ますために、歩いて帰ることにした。当時住んでいたマンションは、ミナミから歩いて二十分の距離だった。

ここから先の記憶は、わたしはなかったことにしている。ひどい二日酔いだったし、現実ではありえないからだ。わたしは喉が渇いていたので自動販売機で水を買って飲みながら歩こうと思った。ふと見ると、女が立っている。

それが一週間前に病院で会ったコンビニの店長の奥さんだとは、すぐにはわからなかった。なぜならあのときの奥さんは、妊娠などしていなかったからだ。

奥さんは、異様に膨らんだ腹を苦しそうに抱えながら呟いていた。目は虚ろで、顔中が汗だくだ。

「ちがうちがうちがうあいつじゃないあいつじゃないちがう」

その目は腹の中にいる《何か》を移す、他の女を探しているようだった。まるで、緑色のワンピースの妊婦から任務を受け継いだみたいに。

わたしはひたすら逃げた。家に帰るころには全身が汗でびっしょりだったが、扇風機をかけて真っ裸になって寝た。

おれ、ひとごろしてん

「おれ、ひところしてん」

男の声に、カウンターの中で盛り合わせ用のチーズを切っていたわたしは顔を上げた。

カウンター席には、二人の男がひとつ席を空けて座っている。別々に来たので互いに知り合いではない。

わたしから見て右の男は赤ワインを飲んでいた。チーズの盛り合わせを注文した男で、年齢は三十代後半である。スーツを着て黒縁の眼鏡。髪を七三分けにしたサラリーマン風だった。

左の男はシングルモルトを飲んでいた。ピスタチオを食べている。年齢は四十代前半に見えた。紺色のハイネックのセーターに、頭は丸坊主で髭《ひげ》を生やしていた。雰囲気からしてクリエイター系の仕事をしているのだろう。

「おれ、ひところしてん」

空耳だったのか？

でも、確かにそう聞こえた。だが、声に特徴がなく、どっちの男が言ったのかはわからない。

それに、独り言にしては、あまりにもありえない言葉だ。二人のどちらが言ったにせよ、わたしに聞こえたということは、もう一人の男にも聞こえたはずだ。

しかし、二人とも顔色をまったく変えず、バーでのひとときを楽しんでいる。

「お待たせしました」

とりあえず、赤ワインのサラリーマンにチーズの盛り合わせを出した。

「お待ちかねやで」

男が声を弾ませる。さっきの声と同じ気がする。

ひところしてん――。

チーズを食べる前に言う言葉ではない。単純にわたしの聞き違いかもしれない。

「美味《おい》しそうやなあ。僕も欲しいなあ」

シングルモルトのクリエイターが物欲しそうな声で言った。

……ん？　こっちのほうがさっきの声に似ている？

しかし、自信はない。二人の声はともに低く、聞き取りやすいとは言えなかった。

「盛り合わせになりますが、苦手な種類はありますか？」

わたしは、シングルモルトのクリエイターに訊《き》いた。

「チーズなら何でも好きやねん」

「かしこまりました」

わたしは、チーズ用のまな板に、冷蔵庫に戻したチーズをふたたび並べた。チーズ専用のナイフでカマンベールチーズを切っていると、また声がした。

「おれ、ひところしてん」

さっきよりもはっきりと聞こえた。わたしの空耳などではない。

どっちだ？　赤ワインのサラリーマンとシングルモルトのクリエイター、どっちが言った？

わたしは顔を上げて確認したが、二人ともＢＧＭのジャズに耳を傾けている。

まただ……。

どちらかが言ったのは間違いないのに、なぜ、二人とも素知らぬふりをするのだろう。わたしがからかわれているのか？　だとしたら悪趣味過ぎるではないか。

わたしは、チーズの盛り合わせの準備に戻った。すべてのチーズをカットし、盛りつけ、クラッカーを添える。

「おれ、ひとをさしころしてん」

また声だ。しかも今度は、刺し殺したと言った。

「何かおっしゃいました？」

わたしは、顔を上げて二人に訊いた。

「ん？　どうしたの？」

赤ワインのサラリーマンがキョトンとした顔になる。

「チーズできました？」

シングルモルトのクリエイターも同じ反応である。

またか……。

正直、わたしはうんざりした。D町で店をかまえてからというもの、摩訶《まか》不思議な現象があとを絶たないのだ。もう疲れてしまった。

いつか、それらをネタに小説を書こう。そうでもしないと、割に合わない。

「チーズ、お待たせしました」

わたしは、チーズの皿を、シングルモルトのクリエイターの前に置いた。

「おおきに」

フォークを手にしたシングルモルトのクリエイターが、ルンルンとした顔で言う。

「あの……」わたしは我慢できずにチーズを食べる二人に言った。「さっきから声が聞こえるんです」

「誰の声？」

赤ワインのサラリーマンが、ブルーチーズをハチミツにつけながら訊いた。

「お二人のうちのどちらかだと思うんですが……」

「えっ？　僕たち、さっきから何も話してないけど。ねえ？」

同意を求められたシングルモルトのクリエイターが、ウォッシュタイプのチーズを味わいつつ頷《うなず》いた。

「声って言われても……何て聞こえたの？」

「いや……それは……」

本当のことを言うべきか？　物騒な台詞《せりふ》なので、もし違ったら失礼になる。

「怒らないから言ってや。こっちも気になるやん」

「わかりました」わたしは覚悟を決めた。「おれ、ひところしてん……です」

「はあ？」

二人が同時に顔をしかめる。

「おれ、ひところしてん、と二回聞こえました」

「僕らが殺人鬼ってこと？」

シングルモルトのクリエイターが鼻で嗤《わら》った。チーズを美味《うま》そうに食べてくれてるのがせめてもの救いである。

「殺人鬼とまでは……」

わたしはしどろもどろになった。

「人を殺したことあります？」

赤ワインのサラリーマンが、半笑いでシングルモルトのクリエイターに訊いた。

「まだ、ないです」

シングルモルトのクリエイターもにやけて返す。

「あと、もう一回、聞こえたんです」

わたしは、少々ムキになって言った。

「何て聞こえたん？」

赤ワインのサラリーマンが、ワイングラスを揺らす。

「おれ、ひとをさしころしてん……と」

「凶器は刃物やね」

シングルモルトのクリエイターは、まったく信じていない。すでに小馬鹿にしている顔である。

「わたしの気のせいみたいですね」

わたしは折れることにした。ここで言い争っても意味はない。

「マスターは人の心が聞こえるんとちゃうか？」赤ワインのサラリーマンが笑った。

「もし、本当に人を殺した人間がおったら口に出すわけないからな」

「そうですね……」

「お代わりちょうだい」

赤ワインのサラリーマンがグラスを上げた。

次の瞬間。いきなり店のドアが開いた。制服の警官が三人、雪崩《なだ》れ込むように入ってきた。

あまりにも突然の出来事に、わたしは声すら出せずに、凍り付いていた。

「容疑者、確保！」

警官たちは、あっと言うまに赤ワインのサラリーマンを取り押さえ、手錠《てじょう》をかけて連行した。

「ご迷惑をおかけしました」

警官の一人がわたしに頭を下げた。真横にいるシングルモルトのクリエイターには挨拶《あいさつ》もせず、無視している。

警官の説明では、先日、梅田にある会社で殺人事件があったらしい。その容疑者を追っていたら、わたしの店で飲んでいたというのだ。

わたしは、殺人者の心の声が聞こえたのだろうか。

「とんだ災難でしたね」

チーズを食べ終えたシングルモルトのクリエイターがわたしに言った。

「まあ、こういう仕事ですので色んな経験をします」

とはいえ、ここまでくると経験し過ぎだ。

「お会計お願いします」

「かしこまりました」

わたしは、レジの横の伝票に目を落とした。

そのとき、また声が聞こえた。

「おれ、いまからひところしにいくねん」

顔を上げると、シングルモルトのクリエイターと目が合った。かすかに唇《くちびる》を歪《ゆが》めているが、笑っているのかわからなかった。

彼が口を開いて言った。

「嘘《うそ》やと思う？　本当やと思う？」

廃墟の三面鏡

「マスター、何かおもろい話ないかなあ？」

常連客のA香が、気だるそうにタバコの煙を吐き出した。飲んでいるのは《ブラッディ・シーザー》だ。有名な《ブラッディ・メアリー》のレシピとほぼ一緒なのだが、使うトマトジュースを《クラマト》といわれるハマグリのエキスが入ったトマトジュースにしたカクテルである。

「またスランプなん？」

「またとか言わんとってやあ」

A香は、売れない漫画家だ。食っていくために、北新地のクラブでホステスをしている。彼女の漫画の腕は、もっぱらクラブの客の似顔絵に発揮されている。

「ホラーの書き下ろしを描かないとあかんのよ」

「夏も近いしな」

「いいプロットない？」

「こっちが欲しいくらいだよ」

わたしが書くのはミステリーやサスペンスだった。だが、読む分にはスティーブン・キングをはじめ、ホラーは嫌いではない。

「怖いのは苦手なんよねえ。遊園地に行ってもお化け屋敷は絶対に入れないし」

「ホラー映画を参考にしたらどう？」

「ジェイソンとか貞子とか？」

「別にどっちでもいいけど」

「怖くて観れへんよ」

　A香が顔をしかめて、タバコを灰皿に押し付ける。

「よくそれで原稿の依頼を受けたな」

「久しぶりのお仕事だもん。力を貸してよ、お願い」

　わたしは磨いていたロックグラスをカウンターに置いた。常連客の悩み相談に乗るのはバーテンダーの基本であるし、自分の作品のアイデアが浮かぶかもしれない。

「まずは、主人公のキャラ設定だろうな。ホラー映画でありがちなのは、若者たちが心霊現象に巻き込まれるパターンやけど」

「問題なし。ベタでわかりやすいほうが編集者は喜んでくれるもん」

　何作品かA香の漫画を読ませてもらったことはある。おもに恋愛ものなのだが、ヒロインの設定が少々複雑で、お笑い芸人を目指す女弁護士でシングルマザーだったりした。

「若者のグループが出て来る。だいたい清純派キャラがヒロインだな。で、ビッチなキャラも必ずいる」

「そうそう。それで、男の子とエッチなことしてるときに殺人鬼かモンスターに殺されるんよね」

「あと、マッチョで粗暴なキャラやな。こいつも比較的、前半で殺される」

「日本が舞台だとヤンキーになるのかなあ。でも、清純派の女子とヤンキーは、同じグループにはならないかあ」

A香は頭を悩ませているときは必ず、ライターの火をつけたり消したりする。彼女の癖だ。

「体育会系で肉食系な大学生とか」

「それ、いただき！　色黒でとびきりチャラい奴《やつ》ね。いつもタンクトップで、すぐに腹筋見せたがるの」

「まずはヒロイン像を考えなきゃ」

「うーん」

ライターの火がまたついて、消える。ライターは《カルティエ》で、以前、A香がクラブの客からプレゼントされたものだと言っていた。

「職業から設定するのはどうだい？」

わたしもよく使う手だ。

「ショッピングモールのフードコートのクレープ屋でアルバイト。本業は学生ね」A香が目を閉じて人物像を絞り出す。「ほぼ処女で黒髪ロング。性格は今風やけどお淑《しと》やか。実家が金持ち。私服はシンプル。そこそこの巨乳。意外と逞《たくま》しくて、最後まで生き残る」

「いいね。じゃあ、ヒロインが恋をする相手は？　力を合わせて一緒に生き残るキャラが欲しいだろ」

「うん。必要。爽やかなイケメンやね。シャイやけど正義漢でまっすぐな性格。ヒロインと両思い。でも、まだ付き合ってはいない。アパレルの店員にしようかな」

「悪くないと思うよ」

「ほんま？　自信ないわあ」

A香は目を開けて、二本目のタバコに火をつけた。

「あとは、物語の舞台となる場所やな」

「どこがええんやろ……。マスターはどんな場所が怖い？」

「うーん」今度はわたしが悩む番だ。「……廃墟《はいきょ》の病院とか？」

「鉄板だね」

「ベタ過ぎるかな？」

「ベタ最高。若者たちが夏のちょっとした冒険心で廃墟の病院に行く設定にしよう。肝試《きも》しでいいじゃん。幽霊に取り憑《つ》かれたらいいじゃん。はい、決定！」面倒臭くなってきたのか、A香の口調が投げやりになってきた。「マスター、お腹《なか》が空いたから納豆パスタ作ってえ」

四日後。営業中にA香からメールが入った。

店をオープンしたばかりで、まだノーゲストだった。ちょうど、常連客に営業をかけようとして携帯電話を開いていたのだ。

《取材で廃墟なう》

わたしは、《病院の廃墟？》と打った。

間髪を容《い》れず《ここだよ》と画像が返ってきた。画像は見事に朽ち果てた旅館だった。どうやら山奥にいるらしい。

《病院はやめたの？》

《見つからなかったもん》

《今、一人？》

《クラブの人に連れてきてもらった》
その客とどういう関係なのかは気になるが、そこはあえて触れない。バーテンダーにとって〝スルー〟は必須の技術である。
廃墟の旅館というのは、病院よりもいい設定かもしれない。若者たちがキャンプをしていて、近くに朽ち果てた旅館を発見するのはどうだろう。自然な流れで「肝試しをしようぜ」となるのではないか。
《ビッチのキャラも考えたよ笑》
A香が続いて送ってきた。
《スタイル抜群。爆乳。半端ない女子力の持ち主。もちろん肉食系女子で、マッチョと付き合ってるねん》
《ええんちゃう。ベタやけど笑》
《ベタ最高！》
そこからしばらく、A香からの返事はなかった。きっと旅館に潜入したのだろう。廃墟なので思わぬ怪我《けが》をしないか心配ではあるが、男性がついているので大丈夫だと信じよう。
三十分後、まだ店にはひとりの客もいなかった。待つのがバーテンダーの仕事だとはいえ、不安にはなる。わたしはカウンターに座り、スティーブン・キングの文庫本を読んで時間を潰《つぶ》した。映画にもなった『ミザリー』だ。
主人公の小説家が、狂った女に脚の骨を砕かれたくだりで、A香からメールが入ってきた。
《これ見て！》
画像も送られてきた。年代物の鏡……三面鏡だった。和室の隅に置かれていて、鏡には携帯電話を構えたA香が映り込んでいる。隣には、男の腕だけが見えた。A香の客だろう。何かを指しているところなのか、人差し指を一本立てている。
《ヤバくない？》
たしかに、怖い。鏡は怪談でもよく使われるモチーフだ。それが廃墟にあるのだから最強の組み合わせである。
《タイトルは『廃墟の三面鏡』に決定！》
A香の興奮が伝わってくる。わざわざ遠くまで取材に来た甲斐《かい》があったというものだ。
《よかったね！》
わたしは、自分のことのように喜んだ。ゼロからイチを生み出さなければならないクリエイティブな仕事には、ときに運が必要なのである。
《これで、めっちゃ怖い漫画描くでー！》
ようやく店に客がやって来たので、わたしは慌ててカウンターから立ち上がった。

昭和初期。深夜。とある旅館の一室。

三面鏡の前で髪を梳《す》く美しい女。旅館の女将《おかみ》である。

ふと背後に気配を感じて振り返るが、誰もいない。気を取り直して髪を梳く。

突然、鏡に恐ろしい形相の男が映る。

男は旅館の板前である。手には出刃包丁《でばぼうちょう》を持っている。

「あんた……何やってんの？」

女将は血相を変えて唇《くちびる》を震わせる。

「女将さん、おれと逃げてください」

「あんたとは、もう終わったと言っただろ」

「じゃあ、一緒に死んでください」

板前は女将を刺し殺し、旅館に火を放つ。三面鏡には女将の血がべっとりと付いている。

女将と板前は、燃え盛る炎に包まれて絶命する。

ここでA香のプロットは終わっていた。冒頭のシーンだ。

「どう？　マスター、正直な意見を聞かせて」

カウンターのA香が真剣なまなざしを向ける。今夜も彼女は《ブラッディ・シーザー》を飲んでいた。

「昭和の話なん？」

「ううん。それはプロローグで、そこから現代に飛ぶの。ホラー映画でよくあるパターンやろ？」

「なるほど。過去の怨念《おんねん》から描くわけや」

A香は、忙しなく百円ライターの火をつけたり消したりした。

「現代に飛ぶと、真夏の湖畔が舞台になるねん。キャンプ場が真横にあるの」

「まんま、『13日の金曜日』のパクリやな」

わたしは笑いそうになって言った。

「パクリじゃなくてオマージュ！　人聞きの悪いこと言わんとって！」A香も笑いを堪《こら》えている。「四人の若者が湖畔に遊びに行くの」

「清純派ヒロイン、爽やかイケメン、爆乳ビッチに……あと何やっけ？」

「タンクトップマッチョ。しかも、金持ちのボンボンにした。そのほうが殺されたときにスカッとするやろ」

たしかにA香の言うとおりだ。アメリカのホラー映画は、ポップコーンを片手にゲラゲラと笑いながら観る〝娯楽作品〟なのである。

「湖畔なら水着の絵もあるわけだ。爆乳ビッチのキャラが立つな」

「そういうこと！」

A香が百円ライターでわたしを指した。

「ところで、いつもの《カルティエ》のライターは？」

「わかんない。もしかしたら取材のときに落としたのかも……」

「廃墟の旅館に？」

「うーん。旅館ではタバコを吸ってないから違うと思うんやけど。まあ、貰《もら》い物やし諦《あきら》めるわ」A香はケロッとしてプロットの話に戻る。「廃墟の旅館を見つけた若者たちが、夜に肝試しをするの。タンクトップマッチョが調子に乗る感じで」

「そして、三面鏡を発見するわけやな」

「うん。ウチも見つけた瞬間、ぞっとしたもん。夕方で、部屋の中が暗かったたし。三面鏡って不気味よね。真正面の顔と横からの顔が同時に見えるんやもん」

インパクトは重要だ。今回の漫画は当たりそうな気がしてきた。

「鏡に何かが映り込むパターンか？」

「もちろん！　髪を梳く女将の姿。しかも、その顔は火傷《やけど》でただれてるとかどう？」

「かなり怖いな……」

漫画よりも映画で観たくなってきた。監督と俳優がよければ、傑作ホラーになるのではなかろうか。

「そして、和室の襖《ふすま》がゆっくりと開いて、出刃包丁を持った板前が顔を覗《のぞ》かせるねん。アングルは『シャイニング』のジャック・ニコルソンみたいな感じで。板前の顔も火傷で醜くただれているほうがいいよね？」

「ちょっと待ってくれ。板前がモンスターなのか？」

「そう。板前ジェイソン。怖くない？」

「一歩間違えれば、マヌケな雰囲気にならないかなあ」

「ウチもちょっと心配になってきたわ。まあ、恐怖と笑いは紙一重やし、ええんちゃう？　思い切って板前を角刈りにしたろかな」A香は、また投げやりな口調になった。

「マスター、お腹が空いたから納豆パスタ作ってえ」

A香が帰ったあと、客足がパタリと止まった。

午前三時。このまま誰も来ないかもしれない。『ミザリー』の続きが気になるし、店を早く閉めるのもアリだ。

片付けをする前に、常連客からメールが入っていないか確認しようと携帯電話を手に取った。誰からも連絡がない。何気なく、先日A香から送られてきた画像を開く。

ボロボロの廃墟にある三面鏡……。

A香のプロットを読んだせいか、本当に怨念がこもっていそうである。

「あれ？」

わたしは思わず声に出し、目を凝らして携帯電話の画面を見た。

A香の隣に映っている男の腕が、ピースサインを作っているではないか。

おかしい……人差し指一本だったはずなのに……。

背後にひんやりとした空気が流れた。急に動悸《どうき》が速くなる。

わたしは落ち着きを取り戻すために《ブッカーズ》をショットグラスで呷《あお》り、A香にメールを送った。

《起きてる？》

《うん！　プロットの続き書いてる！》
　すぐに返事がきた。
《例の三面鏡の画像、送って》
《なんでー？》
《アプリが落ちて、トーク履歴が消えてん》
　嘘《うそ》をついた。Ａ香の画像でも男がピースサインをしていたら、わたしの見間違いで済ませることができる。
　一分も経《た》たないうちに画像がきた。
「嘘やろ……」
　わたしは携帯電話を落としそうになった。男の腕はピースサインではなく、三本指になっている。
《加工とかしてへんよね？》
《ん？》
《横の人の指、最初から三本やった？》
《おぼえてない笑》
《人差し指一本だけやったような……てか、こっちの画像は二本指やし！》

《意味不明です笑　酔ってる？》
客が少ない夜に飲み過ぎるのは、バーテンダー失格だ。少しはバーテンダーとしての誇りがあるわたしの意識は、余裕でハッキリとしている。
わたしは、ピースサインの画像をA香に送りつけた。
《そっちこそ変な加工せんとって！》
メールの画面に現れた画像のA香は横を向いていた。体は真正面のままである。
《加工なんてしてへん》
《コラでいじったんやろ？》
《違う！　勝手に画像が変わっていくんだよ！》
《やめてや……》
《そっちで保存している画像は、A香は正面を向いているのか？》
《うん》
A香が酷《ひど》く怯《おび》えているのが伝わってくる。わたしは、それ以上に、恐怖を覚えていた。
《それを送ってくれ》
メールの画面に画像が現れる。わたしは、絶句した。

A香が、真後ろを向いている。体は正面のままで……。

それだけではなかった。男の腕は、火のついた《カルティエ》のライターを持っていた。まるで、今から旅館に火を放つかのように。

《ほら、ちゃんと正面を向いてるやん》

A香の携帯電話では、そう見えているのだろう。

わたしは恐怖を押し殺して返事をした。

《ごめん。やっぱり酔ってるわ》

急いで三面鏡の画像を全部削除し、陽気なBGMをかけながら店の片付けをした。

「マスター、新作が出たよ」

二カ月後、A香が漫画雑誌を手に来店した。

タイトルは『廃墟の手術台』となっていた。扉絵に手術着とマスクで顔を隠した不気味なモンスターが描かれている。

「三面鏡はやめたのか」

「うん。ボツにされてん。出刃包丁を振り回す板前のキャラが完全にギャグ漫画だって言われちゃった」

「残念だったな」

わたしは少しホッとして言った。

「マスター、灰皿」

A香が、ハンドバッグからタバコケースとライターを出す。

「見つかったのか？」

ライターは、《カルティエ》だった。

「ああ、これ？　あの旅館に一緒に取材に行った女の子が持っててくれてん」

「……女？」

「クラブで働いている子やで。オカルトマニアやから霊感スポットに詳しくて、あの旅館の廃墟も、その子が紹介してくれてん」

「てっきり男の客かと……」

あそこに映っていたのはまちがいなく男の腕だった。今となっては確認のしようがないが。

「なんでやねん。男と二人きりで山奥に行ったら、幽霊より危ないやんか」

A香が鼻で嗤《わら》ってタバコをくわえ、《カルティエ》のライターで火をつけた。

魔物

どの場所にも魔物は潜んでいる。

たった一夜の体験ではあるが、わたしは確かに魔物の存在を確認した。それは、ほんの遊び心がきっかけだった。

飲食の世界では二月と八月は客が少ないというジンクスがあるのだが、特にこの年の二月は、呪《のろ》われたように客足が遠のき、わたしと数名の常連客は暇《ひま》を持て余してはある夜、

「何かおもろいことないんか」とぼやいていた。

ある夜、常連客のKがサイコロを持ってきた。どこにでも売っているような普通のサイズのサイコロだ。

「何でそんなもん持ってきたん」隣に座っていたSさんが訊《き》いた。

「今日、部屋を掃除してたらポロリと出てきたんですよ」

Kが嬉《うれ》しそうな顔をした。

「これで暇潰《ひまつぶ》しができへんかなと思って」

「チンチロリンでもやるんか」

Sさんが鼻で嗤《わら》い、《タンカレー》のロックを舐《な》める。

Kは最近までお笑い芸人をやっていたが相棒とのコンビ解消を機にフリーターになり、今は引っ越し屋でバイトをしながら司法書士の資格を取るために勉強に励んでい

る。

Sさんは近所の店でスナックを経営しているが、店は奥さんと娘に任せっきりで、雀荘《ジャンそう》に入り浸っている根っからのギャンブラーだ。

「チンチロリンのルールを知りませんもん。それにサイコロは一つしかないし」

わたしは慌てて言った。いくら暇だからとは言え、この店を賭場《とば》にしてたまるか。すぐ隣には交番もあるのだ。

「これを使って何か新しいゲームを考えません？」

Kがカウンターにサイコロを転がした。コロコロと小気味いい音を立て、サイコロがピン（一の目）で止まった。

「ええな。おもろそうやん」

Sさんも Kの提案に乗ってきた。

もちろんわたしに断る理由はなかった。客同士で暇を潰してくれたら、バーテンダーにとってこれほど楽なことはない。

「どんなゲームがいいと思います？」

Kがわたしと Sさんの顔を見比べる。

「そりゃ、少しは賭けな、おもんないやろ」

Sさんがピスタチオの殻を割りながら言った。Kが少し怯《ひる》みサイコロを手の平で転がす。

「でも俺、あんまり金を持ってませんよ」

「わかっとるわ。誰も大金を出せなんて言うへんがな。百円でもええねん。賭けると賭けへんとでは集中力が違うやろ」

「まあ……たしかにそうですけど」

結局は賭場にされるのか。わたしは、気づかれないようにため息を飲み込んだ。

「よっしゃ。小銭を出せ」

Sさんが財布の中から百円玉を取り出し、カウンターに並べていった。Kとわたしも、手持ちの小銭を出す。

Sさんは百円玉が七枚、Kは四枚、わたしは六枚だった。

「なんか盛り上がってきたな」

まだ何も始まっていないのに、Sさんの目が爛々《らんらん》と輝く。早くもギャンブラーの血が騒ぎ出してきたようだ。

「じゃあ、ルールを考えましょうよ」

Kもつられて興奮している。賭け金が少ないので安心しているのだろう。

「シンプルにいけば、出た目の大きさで勝負やな」

「あまりにもシンプル過ぎませんか」ＫがＳさんのアイデアに首を傾げる。

「ほんなら、何か他にあるか？」

「もっと、スリルが必要ですよ」

Ｋが意味深な笑みを浮かべた。

「ほほう。スリルと来たか」

Ｓさんの目がさらに輝いた。涎《よだれ》を垂らしそうな勢いだ。

「さっそく説明してもらおうやないか」

Ｋが得意気に頷《うなず》く。

「じゃあ、ベースだけ僕が決めますね。細かいところは皆で考えてくださいよ。えっと……お茶碗ってありましたっけ？」

わたしは、お茶漬け用で使っている茶碗を出した。《チャンヂャ茶漬け》という人気メニューがあるのだ。

「まず、サイコロはこの茶碗の中で振ります」

Ｋが茶碗にサイコロを投げ入れた。チリンチリンと涼しい音が店内に響く。出た目は三だ。

「ここまではチンチロリンと一緒やな」

Sさんがニンマリと笑い、ロックグラスの《タンカレー》をちびりと舐める。

「出た数字に従い」Kがおもむろに茶碗を持って立ち上がった。「歩きます」

Kが宣言どおり、三歩足を踏み出した。カウンターから少しだけ離れる。思わずわたしとSさんは笑ってしまった。

「何で歩かなあかんねん」

「リアル人生ゲームですよ。出た目に従い、三人揃《そろ》って歩いていかなければならない」

「水を差すようで悪いねんけど、今営業中やし無理やわ」

わたしは手を上げて、反論した。

「出た目ごとに歩いていったら、店からどんどん離れていかなあかんくなるやんけ」

Sさんが殻を割って集めていたピスタチオを五つまとめて口の中に放り込んだ。

しかしKは引き下がらなかった。

「ドアに貼り紙をしていけばいいじゃないですか」

「なるほど。その手があったか」

Sさんがロックグラスを Kのビールグラスにカチンと当てた。

なるほどじゃないだろ……。

どうせすぐに飽きるだろうと、とりあえずはゲームを始めることにした。店が壊滅的に暇だったこともある。

「サイコロ賭《と》博《ばく》の楽しさも味わえて、肉体的なスリルも体験できるわけですよ。どうです？」

Kが得意気にわたしを見る。どうです？　と訊《き》かれても困る。

「うん。いいと思うで」

わたしは苦笑いで返した。

Kは元芸人の性《さが》なのか、常に『普通』を嫌う。注文でもそうだ。ビールをジンジャーエールで割ったり、《レッド・アイ》に生卵を入れてくれだったりとやたらややこしい。

「サイコロ賭博のほうのルールはどうすんねん」

すっかりやる気のSさんが、身を乗り出した。

「それは僕の担当じゃないので、Sさんが考えてくださいよ。でも、あんまり複雑なルールはやめてくださいね」

「シンプル・イズ・ベストでいこうや。二回振った目の合計が一番大きい奴《やつ》の勝ちでええんちゃうか」

「負けは一番合計が少ない奴ですか？」

「そう。そいつが勝者に百円を払うねん」

わたしは説明を聞きながら、貼り紙を作った。《近くに外出しております。ご来店のお客様は携帯電話に連絡ください》と書き、セロハンテープでドアに貼りつける。

「さっそく始めようや」

Sさんがグラスに残っていた《タンカレー》を飲み干した。

まず、三人で順番にカウンターの上の茶碗にサイコロを投げ入れた。

わたしが四、Sさんが二、Kが五だった。

「いきなり僕が勝ちそうですね。さあ、皆で歩きましょう。三人の目を足した数ですよ」

わたしたちは十一歩進んだ。カウンターだけの小さい店なので、早くも店の外に出てしまう。これが恐ろしい結果につながるとは、このとき誰も思ってはいなかった——。


どう考えても馬鹿馬鹿しいはずのゲームが、意外と盛り上がった。

もちろん酒の力もある。数回で終える予定が、コンビニで千円札を両替するほどまでに熱中した。

D町は繁華街ではない。小さなマンションがやたらとあるが、住宅でなく非合法の裏風俗のマンションヘルスもかなりあり、住人の姿はそこまで多くなかった。

異変が起きたのは、十回目のサイコロを振ったときだった。

わたしがピン（一の目）、Sさんもピンを続けて出したのだ。

「僕もピンやったらおもろいっすね」

Kが笑いながら振った。すると本当にそのとおりになった。この時点では、わたしたちは「スゲー」とはしゃぐ程度だった。

適当に角を曲がったりして進んでいたので、もうとっくに店は見えない。

今度はSさんから振った。またピンだ。

「ありえへんやろ！」

Kが手を叩《たた》いて大騒ぎし、サイコロを茶碗から取り上げて間を置かずに振った。

……ピンだ。さすがに、三人の顔が引きつり始めた。

「こ、こんな偶然もあるんやなあ……」

Sさんが茫然《ぼうぜん》としながら言った。次はわたしの番だが、振るのはちょっと嫌だった。

「まさか六回連続はありえへんやろ」

Kが無理に明るい口調で言う。わたしはサイコロを握りしめた。

妙な胸騒ぎがする。

夜の街に、チリンチリンとサイコロが転がる音が鳴った。

「ピンや……」

Kが泣きそうな顔で呟《つぶや》いた。さすがに寒けがして、わたしたち三人はその場に立ちすくんでしまった。

「これ、確率で言えばどれくらいなんですか」

Kが呟く。

「わからんけど……こんだけ同じ目が続くの初めて見たわ」

筋金入りのギャンブラーのSさんがそう答えるのだから、よっぽどありえないことだろう。

「次は誰が振ります？」

わたしは二人の顔を見た。

「俺は嫌やで。Kがやってくれや」

Sさんが即答する。

「僕だって嫌ですよ。気持ち悪いやないですか！」

「この流れを止められるのはお前しかおらん。頼む、気合で振ってくれや。元お笑い芸人やろが」

「余計なプレッシャーかけんとってくださいって。て言うか、前の職業は関係ないでしょう」Kが泣きそうになる。

「ジャンケンで決めますか？」わたしは提案した。

「そうしましょう。はい、決定です」今度はKが即答する。

「ほんまに？　俺、ギャンブラーやけどジャンケンだけは弱いねんな……」

「誰だって次に振るのは怖いですから、らちがあきませんよ。違う目さえ出れば続きを楽しめることやし、ここはパッと決めて、負けた人がパッと振りましょうよ」

「それもそうやな……」

わたしたちは、潔くジャンケンをした。Kが負けた。

「なんやねん、それ！」

Kは一瞬だけ、お笑い芸人のころのキレを取り戻し、ヤケクソ気味にサイコロを振った。チリンチリンチリンチリンと、ひときわ長く茶碗の中をサイコロが転がる。ようやく止まった。わたしたちをあざ笑うかのように、ピンが顔を見せた。

「お前、何やってんねん……」

Sさんが、責めるような目でKを睨《にら》む。

「す、すんません。ほんま、すんません」Kが唇《くちびる》を真っ青にしながら謝った。

次に振るのは、Sさんか私である。

「次もジャンケンしませんか」

わたしは拳を突き出した。絶対に次を振りたくない。Sさんも鬼気迫る顔で拳を出す。

「最初はグー！　ジャンケン、ポイ！」

大の大人の掛け声が、深夜の街に響きわたる。もし警察が通りかかれば、確実に職務質問されることだろう。わたしがグーで勝った。思わず、そのまま力強く手を握って夜空に突き上げた。

「アホンだら！　なんでチョキなんて出してもうてん」Sさんが本気で悔しがる。

「さあ、早く振ってくださいよ」Kが急かす。

「……わかっとるわ」

Sさんが渋々とサイコロを摘み、そっと茶碗の中に落とした。チリン。Kのときとは対照的に、サイコロがすぐに止まった。

「ど、どないなっとんのじゃ」

Sさんが呻《うめ》くように言った。八回連続のピンだった。これだけ続くのはもう奇跡としかいえない。

いよいよ私の番だ。わたしはひとつ大きな深呼吸をして、サイコロを振った。こうなったら、無心で挑むしかない。

あっさりと、ピンが出た。

「もしかして、僕ら呪《のろ》われてる真っ最中ちゃいます？」Kが心底怯《おび》えた顔になる。

「アホなこと抜かすな。だ、誰に呪われんねん、俺らみたいな善人が」

「嫁と娘をスナックで働かせている人間は善人ではないですよ」Kが突っ込む。

「やかましいわ」SさんがKの頭を叩いた。

「とりあえず、六歩進みますか」

さっきからサイコロの出た目を進むというルールを無視している。と言うよりも、ピンの連続の恐怖に、ゲームのルールなどすっかり忘れていた。わたしたちは六歩進んで、民家の角を曲がった。

「何ですか、あれ……」Kが震える指で前方を指した。

突き当たりに、見たこともない小さな神社があった。

「なんやねん、あの神社……あんなとこにあったか？」Sさんが首を傾げる。

Kは D町に住んでまだ一年も経《た》っていない。わたしはといえば、店から自転車で十五分離れたところに住んでいるので、店のごく近所しか詳しくはなかった。実際、ここまで歩いてきた道も自転車で二、三回ほどしか通ったことがなく、この角の奥に神社があるとは気づかなかった。

しかしSさんは、D町に住んで長い。スナックと自宅のマンションは反対側にあるとはいえ、この神社の存在を知らないなんて、さらに薄気味悪いではないか。

「なんで、僕ら角を曲がってしまったんでしょう……」

Kが言った。指だけでなく、声も震えている。

「真っ直ぐに行けばよかったのに……曲がる必要なんてなかったのに……おかしくないですか？」

無意識としか言いようがなかった。三人とも何か不気味な力に引き寄せられて、角を曲がってしまったのだろうか。

Sさんが強がって、大げさに鼻で嗤《わら》った。

「お賽銭《さいせん》でもしろってか。上等や、続けたろうやんけ。おい、サイコロ貸せや」

Sさんの強気が頼もしくもあり、恐ろしくもあった。何か得体の知れない物に無謀にも立ち向かう気がして、わたしは今すぐにでも引き返したかった。チリン、チリン、チリン。Sさんが、強引にサイコロを振った。

……ピンだ。三人とも絶句する。

怯えまくっていたはずのKが、何かに取り憑《つ》かれたような顔で無言のままサイコロを振った。

ピンだ。わたしは頭がおかしくなりそうになりながら、立て続けにサイコロを茶碗の中に投げ入れた。

ピン……。ここまで来れば他の目が出る気がまったくしない。わたしたちは、また何かに導かれるかのように足を踏み出した。

そこからわたしたちは、黙りこくったままサイコロを振り続けた。一人、五回ずつ。すべてピンだった。

合計二十七回連続で、同じ目が出続けたことになる。イカサマのサイコロでない限り、こんな現象は起こるはずがない。

わたしたちは十五歩進み、ちょうど鳥居の前で足を止めた。

「何や、この臭《にお》いは……」Sさんが鼻をヒクつかせた。

「たしかに、めっちゃ臭いですね」Kが思わず鼻をつまむ。

生ゴミか何かが腐っているのとはまた違う、硫黄《いおう》のような独特な臭いだ。途端にわたしたちの息が荒くなってきた。足元から、じんわりと金縛りがかってくる錯覚がして、動くことができない。

「何かがおるぞ」Sさんが言った。顔中から汗が噴き出している。

わたしたち二人も、何かの気配を感じ取っていた。その〝気配〟は神社の横にポツンと立っている古い蔵《くら》から漂ってくる。Kが擦《かす》れた声を出す。

「僕、霊感とかまったくないんですけど、めっちゃヤバいと思います。鳥居を潜《くぐ》らんほうが……」

「ええな。逃げよう」

Sさんが間髪を容《い》れずに言い、振り返って一目散に走り出した。

「うわあ！　ちょっと待ってくださいよ！」

わたしたちも、必死でSさんのあとを追い、無我夢中で逃げ出した。しかし背中や脚が重く、思うように走れない。まるで夢の中で魔物に追いかけられている、あの感覚にそっくりだった。それでもわたしたちは、ようやく店に戻ることができた。

「ほな、帰るわ」

店に戻ると、Sさんたちはサイコロや神社のことには何も触れずに帰っていった。わたしも、閉店の時間よりだいぶ早かったが、シャッターだけ下ろして帰宅した。

——それから二カ月後のある日。D町のとあるマンションでOLが惨殺《ざんさつ》される事件が起きた。

深夜、コンビニに行ったOLが自分の部屋に入ろうと鍵を開けた瞬間、非常階段に隠れていた二十代前半の男に刃物を突きつけられて脅《おど》されたのである。

OLは、金を奪われるわけでもなく、レイプもされず、自分の部屋でただ刺し殺された。犯人は、事件から三日後に捕まった。


「その三日間、犯人はどこにおったか知っとるか」

事件が解決した次の日、Sさんがわたしの店に来て言った。Kも呼び出されていた。

「どこなんですか……」Kが、おずおずと訊《き》いた。

「あの神社や。裏にある蔵の後ろでずっと隠れてたらしいわ」

背中が凍りついた。Kも目と口を大きく開けたまま、時間が止まったかのように硬直している。

「ぐ、偶然でしょう……」

わたしはSさんの《タンカレー》をグラスに入れようとしていたが、手が震えて、こぼしてしまった。

「ほんまに、そう思うか？　あの夜、二十七回連続でピンが出たのも偶然やと言い切れるんのか？」

「でも、僕らがサイコロで遊んだのは二カ月前の話ですよ。今回の事件を暗示してたとでも言うんですか」Kが食ってかかる。

「もう一度だけ、あの神社に行ってみようや。俺かって関係ないと思いたいねん」

わたしたちは、勇気を振り絞って神社に行くことにした。

「じゃあ、同時に鳥居を潜るで。抜け駆けして逃げんなや」Sさんがわたしたちに念を押す。

「わかってますよ。それじゃあ、いっせいのーせ」

Kの掛け声でわたしたちは鳥居を抜けて神社に入り、恐る恐る蔵へと近づいた。

「おい……これ……」

Sさんが足元を見て愕然《がくぜん》とした。境内の石の上に、赤く丸い血痕が蔵の裏へと向かって転々と続いていた。まるで、サイコロのピンが並んでいるかのようだ。

数えてみると、二十七個あった。

真夜中の怪談大会

夕方から降り出した雨は、深夜になっても止《や》まなかった。今夜のバーの営業も相変わらず暇である。

「勝負しようや」

退屈を持て余していたJ平さんが、唐突に提案した。強面《こわもて》だが寂しがり屋で陽気な酒飲みだ。

「何の勝負ですか？」

隣に座っているB場君が訊《き》き返す。彼はまだ若いが羽振りがよく、いつもいい服や高級そうなアクセサリーを身にまとっている。

「誰が一番エロい話をするか。エロ武勇伝やろうぜ」

「また下ネタですか？」

「ちょっと、やめてよ。レディがいるんだから」

B場君の隣に座っているのが、C絵ちゃんだ。C絵ちゃんは、すぐ近くに住んでいて、風呂あがりのほぼノーメイクと普段着で店にやって来る。

「一応、レディだもんな」

J平さんがからかう。飲んでいるのは麦焼酎《むぎじようちゆう》の緑茶割りである。

「別にギャルでもいいけど。てか、おっさんに言われたくないし」

負けじとC絵ちゃんが白い泡を飛ばしてやり返す。根っからのビール党だ。

「C絵ちゃんなら全然ギャルでも通用しますよ」

B場君がわかりやすいお世辞を言う。甘いカクテルが好きで、今夜はライチのリキュールを使った《チャイナ・ブルー》を飲んでいた。

「ありがとう。キスしてあげる」

「出た。B場君はほんま熟女好きやからなあ」

「熟女って言い方やめてよ。もうすぐ腐るみたいじゃない」

「果物は腐りかけが一番美味《おい》しいですよ」

「あんまり嬉《うれ》しくなあい」

三人は常連客同士で仲が良かった。ただ、お互いの職業や家族構成などのプライベートな部分までは踏み込まない。

バーには暗黙のマナーがあり、適度な距離感が大切なのだ。

「エロ武勇伝じゃなくて、一番怖い話をした人が勝ちにしませんか？」

今度は、B場君が提案した。

「優勝したら何が貰《もら》えるの？」

赤ら顔のC絵ちゃんが訊く。毎度、何も食べずにビールをがぶがぶ飲むので、酔いが回るのが早い。

「みんなから一杯ずつ奢《おご》って貰えるのはどうですか？　審査するのはマスターで」

「なかなかの大役ですね」

わたしは、快く引き受けた。常連客同士で盛り上がってくれるのが何よりだ。バーの主役はバーテンダーではない。

「よっしゃ、のったで！　おもろそうやんけ」

J平さんが指を鳴らす。

こうして、丑三《うしみ》つどきの怪談大会が始まった。

「まずはおれから話すわ」

トップバッターに名乗り出たのはJ平さんだった。

「制限時間がいりますね。三分ぐらいにしましょう」

わたしは審査員として、ルールを提案した。

「了解。これはおれが中学生のころの話やけどな」

「ずいぶん遡《さかのぼ》るわねえ」

さっそく、C絵ちゃんが牽制《けんせい》を入れる。

しかし、J平さんは気にせず続けた。

「自転車で交通事故を起こして大怪我《おおけが》をして入院してん。両脚の骨が折れてもうてさ」

「うわあ、いきなり定番の病院ものね」

「二人部屋やってんけど、同じ部屋の子が先に退院しよって、一人部屋になってしまったわけよ」

「それで？」

　B場君が合いの手を入れる。

「ある日の夜中、ふと目が覚めてん。嫌な気配がしてな。やけど、部屋には誰もおらへん。もう一度、寝ようとしても寝付けへん。そのうち廊下から妙な音が聞こえてきたんよ」

「どんな音ですか？」

「ペタ、ペタって……」

「スリッパ？」

　C絵ちゃんが鼻で嗤《わら》って、J平さんのペースを乱そうとする。

「その音がどんどん近づいてくるねん。ペタペタ、ペタペタペタペタ、ペタペタペタペタペタって。ほんで、おれの部屋のドアの前で止まった」

J平さんがタメを作り、全員の顔を見回した。

C絵ちゃんがビールをゴクリと飲む音が響く。

「おれは怖くなってきて部屋の外に向かって声をかけてん。『誰ですかー？』って。でも、返事はあらへん。だから、ナースコールを押して助けを求めてん」

「看護師さんは来てくれたの？」

「うん。すぐに来たけど、ドアの前には誰もおらんかった。おれはビビリと思われるのが嫌やったから、寝ぼけてナースコールを押してしまったと言った。看護師さんが帰ったあと、しばらくしたら、またペタペタと足音が聞こえてきてん。しかも、さっきよりも早くペタペタペタペタペタペタペタペタって近づいてきてドアの前で止まった」

「次も看護師さんを呼んだの？」

「いや、さすがにカッコ悪いから呼べへんかった」

「思春期ですもんね」

B場君が、《チャイナ・ブルー》のロンググラスを手に頷《うなず》く。

「ドアの向こうに明らかに誰かがおる」J平さんが一段と声を落とした。「おれはシーツを頭からかぶってなんとか眠ろうとした。すると……」

「どしたの？」

なんだかんだ言いながら、話に引き込まれたC絵ちゃんが身を乗り出した。

「ガチャリとドアが開いて、足音がペタ、ペタと部屋に入ってきてん」

「ヤバいですね……」

「おれは怖過ぎてシーツから顔を出せへんかった。ポタポタと水が垂れる音がして、誰かがベッドに近づいてくる。それに、めっちゃ生臭かった」

「臭《にお》い？」

B場君が眉《まゆ》をひそめる。

「急に誰かがおれの上に乗ってきよってん。おれはパニックになってシーツから顔を出した。ほんなら胸の上に……」J平さんがさらに長いタメを作り、不気味な声で言った。「ずぶ濡れの女が立っとってん」

「それで……どうなったの？」

C絵ちゃんも眉間《みけん》に皺《しわ》を寄せる。

「おれは気絶した。朝、目が覚めると誰もいなかった」

「夢じゃないの？」

「いや、ベッドの上に海藻《かいそう》が残っててん」

「海藻って……ワカメ的なもの？」

「あとから看護師さんに聞いたんやけど、あの日、水難事故を起こして搬送された患者が亡くなったらしい」

「でも、ワカメでしょ？」

「いや、ワカメかどうかは……」

「海藻っていえばワカメを連想してしまいますよ。じゃあ、何の海藻だったんですか？」

B場君も追い打ちをかけるように訊いた。

「いや……海藻の種類を訊かれても……ほな、ワカメでええよ」

店内に微妙な空気が流れた。せっかく途中まではかなり怖かったのに、J平さんはラストでしくじってしまった。

バーテンダーが言うことではないが、話芸というものは難しいものである。

「次は私が話すわね」

C絵ちゃんが自ら二番手を請け負った。

「うんと怖いやつよろしくです」

B場君がやんわりとプレッシャーをかける。ベビーフェイスではあるが、あなどれない奴《やつ》だ。

「わたしの友達に霊媒師の息子がいるんだけど、そいつから聞いた話が一番怖かったわ。実話だし」

「おれだって実話やって」

J平さんが口を尖《とが》らせるが誰も聞いていない。

「その家には代々の習わしがあるの。二十年だか三十年に一度、『開けずの日』ってのがあるんだって」

「面白いタイトルですね」

B場君が挑発を続けるが、C絵ちゃんは酔っているからかペースを乱されない。

「『開けずの日』は家中の窓や雨戸を閉め切って、何があっても絶対に開けちゃダメなのよ。家に悪いものが入るのを防ぐ日なのよ」

「悪いものって幽霊とかか？」

ふてくされていたJ平さんが、早くも話に引き込まれている。

「そういうのじゃないみたい。幽霊はしょっちゅう見てるから怖くないって言ってた」

「ふうん」B場君が余裕の笑みを浮かべる。「でも、家の中に閉じ籠《こも》って雨戸さえ開けなきゃいいんですよね。わりかし楽なミッションじゃないですか？」

「それがね、悪いものがあの手この手で入ってこようとするんだって」

「へっ？」

「死んだはずのお婆《ばあ》ちゃんの声色で外から話しかけてくるの。『開けて。ここを開けておくれ』って」

「何ですか、それ。超怖い！」

　さすがのB場君も身をすくめる。

「でしょ？」

「絶対に開けるわけないよなあ」

　J平さんにいたっては、怖いのを通り越して感心すらしている。

「他にも色んな声色使うんだって。警官とか小さい女の子とかに成り済まして、『中に入れて』って言ってくるのよ。それでもずっと無視していると、明け方にすべての雨戸が一斉に揺らされるみたい。『開けろーー！』って」

「マジで怖《こ》えーー！」

「私の話はこれで終わり」

　C絵ちゃんが勝ち誇った顔で、クイッとビールを呷《あお》った。

「最後はB場君や。頼むで」

「ビシッと〆《しめ》てよね」

　この話のあとだと相当のプレッシャーがかかる。

「わかりました。とびきり怖い話をします」バトンを渡されたB場君はロンググラスの氷をガリッと嚙《か》み砕き、気合を入れた。「僕の話も実際に起きた話です」

「B場君の身にかいな？」

　J平さんが期待で目を輝かせる。どうやら、怪談が大好きなようだ。

「はい。大学生のころの話です。サークルの男女五人で、肝試《きも》しをしたんですよ。メンバーは、女の子が一人いて、留学生のオーストラリア人が二人いました。あとは僕と、車を出した高橋君で」

「ほう。どこに肝試しに行ったんや？」

「有名な幽霊トンネルです。トンネルを作ってるときに落盤があって、何人かが生き埋めになったらしくて……」B場君が声のトーンを落として雰囲気を出す。「僕らは深夜、六人乗りのミニバンでトンネルに行ったんですが、入り口ですでに霊感がある運転手の高橋君が『ヤバい！　絶対ヤバい！』って騒ぎ出して車内は盛り上がったんですけど……」

「幽霊は見えたの？」

C絵ちゃんがお手並み拝見とばかりに訊いた。

「見えませんでした。その代わり、一番うしろの席に一人で乗っていた男の子が消えたんです。トンネルから出てきたら忽然《こつぜん》といなくなっていました」

「ほんまかいな？　その子はどうなってん？」

「未だに行方不明です」「結局、残りのメンバーとその子は、それ以来もうずっと会ってないですね」

「それで話は終わり？」

C絵ちゃんが、肩透かしを喰《く》らった顔で言った。

「……はい。いまいちですかね？」

「オチはまあまあだけど、途中の盛り上がりには欠けるわよね。あとリアリティーも甘いわ。そんなことになったら大騒ぎになるもん。警察から尋問された？」

「僕は受けてません……」

「な、わけないじゃん！」

たしかに、C絵ちゃんの言うとおりだ。現実ではありえない怪談だからこそ細部に気を配る必要がある。

「マスター、優勝者は誰や？」

J平さんが諦《あきら》め切った表情で訊いた。

わたしは、C絵ちゃんを選んだ。

彼女は喜び、二人から奢って貰ったビールでご機嫌な酔っ払いになった。

閉店後、わたしは一人で洗い物をしながら、怪談大会の話を思い出していた。

とくに、B場君の話がどこか引っかかる。車内にいたのは、霊感のある運転手の高橋君に、女の子に、オーストラリア人二人に……あとは……。

わたしの手からロンググラスが落ちて、割れた。

間違った。優勝者は、B場君だった。

押し売りマジシャン

いつからか、わたしのバーに自称マジシャンが足繁《しげ》く通うようになった。

「目ん玉飛び出すぐらい見開いてよ。もちろん、タネも仕掛けもあるけど見破ったら一杯奢《おご》っちゃう」

どちらかといえば、彼は店にとってはいいお客様ではなかった。もちろん、どのお客様も平等に扱うよう心がけてはいるが、コーラ一杯で粘られて、カウンターで延々と手品を披露されてはたまったものではない。

「ほら、見てごらん。何もなかったはずの手の中から、五百円玉が出てきた。本当なら、こればっかりやってれば大金持ちなんだけどね。タネも仕掛けもあるから一枚だけ。所持金、五百円ってか」

彼の名前は、N村さん。おそらく、五十歳は超えている。色黒で背が低く、真夏でもジャケットを羽織っている。ギラギラとした独特の活力のある男だ。

やっかいなことに、彼の手品はなかなかのものだった。超一流とまではいかないまでも、一・五流程度の腕は持っていた。

最初は他の常連客たちもN村さんの手品を喜んでいた。場末のバーで見られるレベル以上だったからだ。いっときはD町の話題となり、手品目当ての客も訪れた。

しかし、N村さんには節度がなかった。腹八分目でやめておけば「また見たいね」

となるものを、しつこく手品を続けるから、結果面倒臭がられることになる。

「コンタクトがズレたよ。落ちちゃう！　ほら、落ちちゃった！」

N村さんの十八番だ。目に手をかざすとパンケーキほどの大きさの巨大レンズが現れる。一度目は驚きと笑いが出るが、一日に五回も六回もコンタクトが外れるので、いい加減げんなりする。何度も見ているわたしからすれば、ジャケットの下からレンズが出てくるのが丸見えなのだ。

「目からウロコどころじゃないよ！　もっとビックリするものも持ってきてるよ〜」

そして、言葉遣いや物腰がインチキ臭い。実際、手品が終わると、《ラルフローレン》のボストンバッグから怪しい商品を出しては、テレビショッピングのようにセールスを始めるのだ。

「じゃん！　鮫《さめ》の軟骨の成分が入った万能クリーム。乾燥肌から火傷《やけど》までなんにでも効きます。今日だけ半額。買わなきゃ大損！　あとこれは、中国でしか買えない蟻《あり》の粉末。裏ルートで密かに入手！　滋養強壮に抜群、パパも元気で家庭円満！」

「N村さん、そういうのはやめてくださいって、前にも言ったやないですか」

ボストンバッグから、N村さんがさらに怪しげな商品を出そうとしたので注意をした。

「めんご、めんご。でも、本当に品質は間違いない商品だからさ。一人占めしちゃいけんと思ったわけよ」

白い歯を見せて白髪頭《しらがあたま》を掻《か》く。まったく懲《こ》りていない。

そろそろ、〝出禁〟にしようか……。

常連客を守るためには、冷徹な判断をくださなければならないときもある。それもバーテンダーの大切な仕事だ。

「手品も、やらないでほしいんです」

ちょうど他の客が帰りN村さんと二人きりになったので、そうお願いした。従ってもらえないなら、もう二度と来てくれなくてもいいと思っていた。

「どうして？」

N村さんが少し傷ついた顔になる。

「同じ手品を何度もやるから、みんな飽きてますよ」

「ちょっとお！　そんなこと誰が言ってるの？」

「だから、みんなですってば」

「うーん、ボクちゃん、ショック。せっかく新しい手品があるのに。マスターも見たいだろ？」

正直ちょっとだけ見てみたいという気持ちがあったせいか、得意げに太い眉毛《まゆげ》を上げる表情に余計にイラッときた。だが、わたしは決して態度には出さない。この仕事をしていると、嘘《うそ》はサービスのひとつだと学ぶ。

「見たくありません」

「本当に？　腰を抜かすよ」

「抜かしません」

毅然《きぜん》と突っぱねろ。甘やかしてはダメだ。

「どんなマジックなのか聞くだけ聞いてよ。見なくてもいいからさ」

クドい。しかし、それがN村さんのウリだ。

「長い説明なら途中で止めますよ」

「もちろん、わかってるよ」

わたしは、ため息を飲み込んで頷《うなず》いた。

「手短にお願いします」

「そうこなくっちゃ。さすがマスター。よっ！　男前！」

調子がいいのもN村さんのウリだ。

「早く話してください」

「新作の手品は、あら不思議。財布から十万円が飛び出す手品」

「……誰の財布ですか？」

「マスターに決まってるでしょ。十万円を払いたくなる手品なんだから」

N村さんがウインクをする。ぞくりと背中が寒くなった。

「はあ……」

呆《あき》れてものも言えない。

だが、N村さんはへこたれない。大人でこれだけ空気を読めないというのは稀有《けう》な存在である。

「これが新しい手品だよ、マスター」

N村さんは、《ラルフローレン》のボストンバッグからプラスチックのケースに入った一枚のDVDを取り出し、カウンターに滑らすように置いた。

「何ですか？　これは？」

DVDはコピー用の白いものでタイトルやらは書かれていない。

「何ですか、これは？」

「気になるでしょ？」

「いかがわしいやつですか？　間に合ってるからいいですよ」

どれだけ良質なアダルト作品であっても、十万円は法外な値段である。

「観てから決めてくれればいいよ。マスター」

「……え？　観てしまったら意味ないじゃないですか」

「これには最初の三十分しか映っていない。醍醐味《だいごみ》は後半の三十分だ」

N村さんがニタニタと不快な笑みを浮かべてプラスチックのケースを指で叩《たた》いた。

「なるほど、後半を見たければ料金を払え、と」

これのどこが手品なんだと言いたかったが、興味は惹《ひ》かれた。

「そういうこと。マスター、物書きを目指してるんでしょ？　何でも経験だと思うけどなあ」

こちらの心を見透かしたN村さんが、鼻をふふんと鳴らす。

「よほどの映像でもない限り、驚きませんよ」

「まあ、見れば、この手品の素晴しさがわかるさ。明日、また来るからいいお返事待ってますよ」

N村さんは人差し指と中指で五百円玉を挟み、一瞬で消した。

「ご馳走様」

N村さんが店を出ていったあと、飲み干したコーラのグラスの下のコースターをめくる。

いつも通り、五百円玉があった。


明け方、店を閉めたわたしは、コンビニで缶のハイボールとあたりめを購入して自宅のマンションへと戻った。妻はすでに寝室で寝息を立てている。

リビングのフローリングに胡座《あぐら》をかき、ハイボールを半分ほど飲んだ。

さて……どうしようか？

目の前には、テレビとDVDプレイヤー。コンビニの袋には、N村さんから預かったDVDがある。

観てしまうのは、N村さんの策略にまんまとはまったみたいでムカつく。

しかし……観たい。

わたしは覚悟を決めて観ることにした。なんなら、「全然、面白くなかったですよ」とN村さんにダメ出しをしたい。

念のため、テレビの音量を消音にして、白いDVDをプレイヤーに入れた。

喉《のど》が異様に渇く。わたしは、妻の気配に気を配りつつ、ハイボールで喉を潤した。

「マスター、どうだった？　あれ、観た？」

翌日の午後十一時。N村さんが自信満々の笑顔で来店した。

しかし、声はひそめている。カウンターにコンパから離脱してきた男女の四人組が、ボトルワインで和気あいあいと楽しんでいるからだ。

「少しだけ観ましたよ。正直、まったく面白くなかったです」

「まだ魔法がかかってないからね」

N村さんは、まだ余裕の表情を崩さない。

「魔法？　あの作品にですか？」

DVDの中身は、よくあるラブホテルの盗撮ものだった。痩《や》せこけて不健康そうなギャルとメガネをかけた冴えないサラリーマンのからみがダラダラと流れるだけの代物だ。

「そう。魔法。それで、マスターの財布からお金が飛び出す」

「それはないですね」

「じゃあ、魔法をかけてもいいかな」

N村さんが、さらに小声になった。

「どうぞ、どうぞ」

あんなものに十万円を払うなんてありえない。あまりにも退屈で途中で眠ってしまったぐらいだ。

「去年、あるパーティーに呼ばれてマジックを披露したんだ。医者や弁護士が集まるリッチな集いだったよ」

「はあ……」

「会場は某ホテルのスイートルームだったよ。料理のキャビアがめちゃくちゃ美味《うま》かったな。あと、フォアグラ！」

「料理の話はいいんで早く話を進めてください」

N村さんは、焦《じ》らすようにコーラを飲み、口の中で氷をガリガリと砕いた。

「パーティーで、ある医者と仲良くなったんだよね。趣味がマジックだっていうからいろいろと教えてあげたら、とても喜んでくれてさ。それから、ちょくちょく飲みに行っては、マジックの個人レッスンをしてあげるような関係にまでなったのよ」

「へえ。よかったですね」

この男と友達になりたいなんて、かなり奇特な人だ。もしくは医者というのは変わった人間が多いのだろうか。

「ある夜。その医者が泥酔して秘密を打ち明けてくれたんだ」

N村さんが、例のニタニタした笑みを浮かべた。

「どんな秘密ですか？」

「何だと思う？」

「わかるわけないじゃないですか」

もったいぶった言い方に腹が立つ。

「教えてください」

わたしは、怒りを堪《こら》えて訊《き》いた。

「その医者は副業でラブホテルを経営してたんだ。相当、儲かるらしい」

「そうなんですか」

この店の常連客にも、副業でSMクラブを経営している医者がいる。そこまでして金が欲しいのかとは思うが、稼いだ金をどう使おうが個人の自由だ。

「ただ、とんでもないトラブルが起きた。ラブホテルで事件があったんだ。殺人だよ」

「あらま……災難でしたね」

急に話がきな臭くなってきた。カウンターの反対側でワインを嗜《たしな》む男女は、こっちがこんな話をしているとは露知らず、下ネタに花を咲かせている。

「殺されたのはデリヘル嬢。犯人は捕まっていない」

「普通、捕まるでしょ」

「遺体の発見が遅れたのさ。ベッドの下に隠されていて、見つかったのが二日後だったからな」

「……酷《ひど》い話ですね」

「面白くなるのはこれからだ」

N村さんがチラリと横目で、男女たちを見る。彼らは、幸せそうにはしゃいで、こちらの会話はまったく聞いていない。

「何ですか？」

「ラブホテルのオーナーの医者は、すべての部屋に盗撮カメラを仕掛けていたんだよ。もちろん、客にはバレないようにな」

「えっ……」

「副業の副業ってやつさ。リアルな盗撮映像を医者の仲間や弁護士に売りつけていたんだ」

「つまり……」

「そう。デリヘル嬢が殺された一部始終がバッチリと録画されてたってわけよ」

「まさか」

わたしは、絶句した。そして、ようやく自分が観たＤＶＤが何だったのかを悟った。

「マスターが観たやつ。あれ、殺されたデリヘル嬢だよ」

「一緒に映っていた男は……」

「犯人さ」

Ｎ村さんが、またグラスの氷をかじる。

医者が警察に証拠として映像を提出しない理由は、訊かなくともわかる。盗撮していたことが世間に発覚するのを恐れているのだろう。

「マスター、どうする？」

「やめてください」

「素直になりな」

Ｎ村さんが《ラルフローレン》のボストンバッグを開き、白いＤＶＤの入ったプラスチックケースを取り出してカウンターに置いた。

「……買いませんよ。買うわけないじゃないですか」

「物書きを目指しているなら、リアルな殺人を観ておくべきだよ。これぱかりは自分で体験するわけにはいかないからね」

吐き気がしてきた。昨夜観た映像が頭の中でリプレイされる。

愛の欠片《かけら》もなく、黙々とこなすようなセックスをしていた男と女。あの冴えないサラリーマンが、殺人を犯したなんて信じられない。そんな気配は微塵《みじん》もなかった。

「いらないです……DVDをしまってください」

わたしは、絞り出すような声で言った。

「もう遅いよ。マスターは魔法にかかっているからね」

N村さんはジャケットの袖をまくり、優雅な仕草で何も持っていない手のひらから一本の薔薇《ばら》を出現させた。

「何、あれ？」

ワインを飲んでいた男女の一人が、N村さんのマジックに気がついた。

続いて、もう一本の薔薇を出す。

「素敵なお嬢様方にプレゼントだよん」

N村さんが、二本の薔薇を女性たちに差し出した。

「マジ？　凄《すご》くない⁉」

N村さんのマジックを初めて見る男女が歓声を上げる。

「目ん玉飛び出すぐらい見開いてよ。もちろん、タネも仕掛けもあるけど見破ったら一杯奢っちゃう」

わたしはN村さんを止めることはできなかった。カウンターの上に置かれたＤＶＤに釘付けになっていたからだ。

「ほら、見てごらん。何もなかったはずの手の中から、五百円玉が出てきた」

「やばーい！」

薔薇を貰ってご機嫌になった女性が拍手をする。

「本当なら、こればっかりやってれば大金持ちなんだけどね。タネも仕掛けもあるから一枚だけ。所持金、五百円ってか」

「面白ーい」

ここから延々と独演会が続くとも知らず、男女がさらに拍手をする。

「コンタクトがズレたよ。落ちちゃう！　ほら、落ちちゃった！」

久しぶりに注目されたN村さんの声は幸せに満ち溢《あふ》れていた。

閉店後、わたしは一人でカウンターに座り、《ブッカーズ》のストレートを飲んでいた。アルコールが六十度近いバーボンだ。

酔っているのは自分でもわかる。だけど、飲まずにはいられなかった。

「マスターにはお世話になってるから十万円はいらないよ。プレゼントしちゃう」

男女に怪しい健康食品を売りつけることに成功したN村さんは、DVDを置いていった。

それが今、目の前にある。

果たして、N村さんの話は本当なのだろうか。元々、胡散臭《うさんくさ》い人物なのだ。すべてが作り話の可能性もある。

いや……ただわたしが作り話と信じたいだけだ。本当かどうかは観ればわかることだ。

N村さんに度胸を試されているようで気分が悪くなってきた。せっかくの好きな酒が不味《まず》く感じられる。

「物書きを目指しているなら……」

N村さんのニヤけた顔が浮かぶ。

わたしの夢は小説家になることだ。だが、この数カ月、一枚も書いていない。店があることを言い訳にしてきた。

わたしが描く物語に、誰も興味などない。残酷ではあるが、それが真実だ。

コンビニで缶チューハイと魚肉ソーセージを購入して自宅のマンションへと戻った。妻は寝室で寝ていた。

リビングのフローリングに腰を下ろし、テレビの真っ黒な画面を見つめながら、缶チューハイを一本空けた。

……観るのか？

そのあと、どうするのかも考えていない。本当に殺人が映っているのならば、警察に通報すべきである。

だが、わたしの心にある正義感は微々たるものだった。好奇心のほうが遥かに強い。下衆《げす》な好奇心だ。こんな感情が自分にあったことに驚いた。

認めざるをえない。たしかに、わたしはN村さんの魔法にかかってしまった。

テレビをつけた。音量を消音にする。朝のニュースで女子アナが爽やかな笑顔を浮かべている。口パクで何を言っているかわからないのが不気味に見えた。

震える指で、DVDのプラスチックケースを開けた。

「何してるん？」

いつの間にか、妻が背後に立っていた。

わたしは心臓が破裂しそうになりながらも、妻にバレないようにプラスチックケースを胡座の下に滑りこませた。

「何もしてへんよ」

「テレビ、音が出てへんやん」

「お前を起こしたくなかったから……」

「ふうん」妻が大きく欠伸《あくび》をした。「何か食べる？」

「いいよ……眠いだろ？」

「魚肉ソーセージ食べるんやったら、ちゃんとしたソーセージ食べや。卵も焼いてあげるし」

妻は、もう一度欠伸をして、パジャマの上からお尻を掻きながらキッチンへと向かった。

たったこれだけの会話が、わたしを救った。

テレビの音量を戻してニュースを観た。原稿を読む女子アナは、必要以上に爽やかだった。

「マスター、あの人、何て名前やっけ？　やたらとマジックをする人。ほら、変な健康食品を買わせようとする奴《やつ》やん」

常連客のK田さんが、《ラムコーク》のグラスを片手に訊いた。

「N村さんですか？」

あれから、N村さんは一度も店に来ていない。半年が経《た》っていた。

「昨日、梅田で見たわ。高架下でダンボールに包《くる》まって寝とったで」

「そうなんですか……」

「人間、どうなるかわからんもんやな」

「たしかに。お代わりいかがですか？」

あのDVDは、今もまだレジの下にある棚の引き出しの奥に入っている。

黒いスカート

「マスター、俺、久しぶりに金縛《かなしば》りにかかったんよね」

常連客の一人、O田さんが三杯目のいも焼酎《じょうちゅう》ロックを飲み干したあとにぼそりと言った。

「ほう。お代わり行きます？」

客が長話を始める前に注文を取るのがバーテンダーの基本だ。特にO田さんは、近くで焼鳥屋さんの店長をやっているだけあって話が上手《うま》く、口を開くと止まらない夕チだ。

「いや、気分を変えたいから、サッパリしたやつにするわ」

「《ジントニ》とか？」

「いや、《リッキー》がいいかな」

「了解です」

わたしは、カウンターに置いてあった《黒霧島《くろきりしま》》のボトルを棚に戻し、冷凍庫からキンキンに冷えた《タンカレー》を取り出した。これにソーダとライムを加えれば《ジン・リッキー》の完成である。

午前二時。今夜のD町はシトシト雨が降っている。たしかに、軽い飲み口のドリンクが欲しくなる夜だ。

「お待たせしました。《ジン・リッキー》です」

「マスターは、金縛りにかかったことはある？」

O田さんは、コースターに置かれたロンググラスをひと口飲むやいなや訊《き》いた。

「ありますよ。めっちゃ疲れた日の夜とかに体が硬直したりします」

「かかってるときに目は開けた？　ほら、金縛りの途中に見たらダメって言うじゃない。胸の上にお婆《ばあ》さんが正座して顔を覗《のぞ》き込んでいるとか、さ」

「いや……そのときはたぶん……目は閉じたままやったかなあ」

正直、覚えてはいない。反射的に話を合わせるのは、バーテンダーの悲しい性《さが》である。

「俺、見たんだよね？」

「正座のお婆さんですか？」

「違うよ。そんなにハッキリとは目を開けてないし。薄目だよ」

「ほう。ほう」

焼鳥の串に刺すネギひとつの原価計算すら欠かさない、超現実主義者のO田さんが怯《おび》えているので、俄然《がぜん》興味が湧いてきた。

「まずね、ガチッと体が動かなくなってね。そのあと、右手首を誰かに摑《つか》まれたんだよ」

「えっ？」

「そして、床を引きずられたんだよね。ずるずるって」

「それは……かなり怖いですね」

体が動かないままわけのわからない奴《やつ》に引きずられるなんて、想像するだけでも怖い。

「布団から出されて、キッチンのほうまで運ばれたよ」

「そんなに？」

O田さんの家の間取りは知らないが、金縛りにしてはかなりの距離だろう。しかも、彼は体重が三桁に近い巨漢である。

「たまったもんじゃないよ。でも、右手首にはガッチリと握られている感触があるしさあ。怖かったけど、薄《うっす》ら目を開けたらさあ」

「何が見えたんですか？」

「黒いスカート」

「あらま……女だったんですか……」

「わかんない。脚までは見てないからさあ」

Ｏ田さんが、ぐいっと《ジン・リッキー》を呷《あお》る。

「女だったら相当の怪力ですね。女子プロレスラーの霊だったりして」

「笑いごとじゃないよ、ホント」

そのあと、店にカラオケ帰りの賑《にぎ》やかな集団が入ってきたので、話はここで終わった。

「マスター、聞いてよ。あれから毎晩、金縛りにかかってるんだ」

数日後、Ｏ田さんが一杯目の《ジン・リッキー》を注文したあとに言った。

「何の話ですか？」

すでに《モスコミュール》四杯で出来上がっている常連客のＹ子が、興味津々で身を乗り出した。

「Ｙ子ちゃんも聞いてよ。まいってるんだ、ホント」

二人は顔見知りだ。ここで知り合いになった。カウンターだけのバーではよくある風景である。

「Ｏ田さんって霊感あるの？」

「ないない。これっぽっちもない」

「じゃあ、気のせいなんじゃない？　金縛りって、体が睡眠状態のときに脳だけが目覚めていて起こるものなんでしょ？」

Y子はネイリストだ。そこまで美人ではないが、愛敬があるので常連客の男性陣から可愛《かわい》がられていた。

「そうだといいんだけどなあ」

O田さんが大きな背中を丸めて小さな目をショボつかせる。どうやら、相当まいっているようだ。

「また目を開けたんですか？」

わたしは、ロングのグラスにライムを搾りながら訊《き》いた。

「うん。どうしても開けてしまうんだ。薄目だけどね」

「女子プロレスラーが見えましたか？」

「からかうなって。こっちは真剣に悩んでるんだから。やっぱり黒いスカートが見えるんだよ」

O田さんが、重いため息を漏らす。

「絶対に嘘《うそ》だあ」

Y子がケタケタと笑う。

「ホントなんだって、Ｙ子ちゃん。毎晩、布団からキッチンまで引きずられるんだよ」

「朝起きたらキッチンにいるの？」

「いや……布団に戻ってるけど」

「ほらね。ただ寝ぼけてるだけなんだって」

「だとしても、毎晩、同じものを見るのはおかしくないかい？」

Ｏ田さんも簡単には引き下がらない。若い女子にあっさりと論破されるのは癪《しゃく》に障《さわ》るのだろう。

「安心したい？」

Ｙ子が挑発するように言った。

「どういう意味だい？」

「Ｏ田さんが寝ている横で私が見ててあげるよ。たとえ、金縛りにかかっても引きずられてないってわかれば、もう怖くないでしょ？」

「それはそうだけど……Ｙ子ちゃんが俺の部屋に来るのは、ちょっと……」

Ｏ田さんは妻と別居中で、一人暮らしの状況である。

「大丈夫。マスターも一緒についてきてくれるから。ね？」

「えっ？」

「それなら助かる。やっと安眠できそうだ」

私が断る暇もなく、Y子中心に話が進められた。

常連客の悩みに手を差し伸べるのも、バーテンダーの大切な仕事のひとつだ。


その夜の営業が終わり、わたしは店のシャッターを下ろした。

午前四時。まだ空は暗い。

「O田さん、ぐっすり寝てるかな？」

Y子は遠足にでも行く子供のような顔になっている。

「金縛りにかかってたら、ぐっすりではないやろうけど」

わたしたちは、並んで傘を差しながらO田さんの家へと向かった。合い鍵は預かっている。彼は眠るために、ひと足先に帰ったのだ。

店から徒歩五分もかからないファミリータイプのマンションの六階に、O田さんの部屋はあった。ドアに合い鍵を差し込み、音を立てないようにそっと開ける。

「なんか、泥棒みたい」

Y子がクスクスと笑う。

わたしは、人差し指で口を押さえながら、部屋へとお邪魔した。

忍び足で廊下を渡る。暗くて歩きにくいが、電気をつけるわけにはいかない。O田さんの話では、部屋の間取りは2LDKで、リビングの横の和室で寝ているらしい。

リビングに入ると、呻《うめ》き声が聞こえた。Y子がわたしの腕を摑んでくる。

「金縛りの真っ最中だよ」

リビングには間接照明があったので、何もぶつからずに済んだ。食卓と高級そうなソファがあった。奥さんと住んでいたころの名残《なご》りを感じて切なくなる。

リビングを抜け、和室を覗《のぞ》き込むと、布団に寝ているO田さんを発見した。リビングからの明かりに照らされる顔は、悪夢でも見ているかのように汗だくで苦しそうだ。

「起こしたほうがええんとちゃう？」

わたしは、小声でY子に訊いた。

「まだダメだって。引きずられるか確認してあげなきゃ」

Y子がまたクスクスと笑う。最初から信じていないのだ。

わたしとY子は、布団の脇にちょこんと腰を下ろした。O田さんは、相変わらず唸《うな》っている。

「金縛りにかかるってのは、ほんまやったな」

「疲れてるだけだよ。もしくは太り過ぎで寝苦しいだけかも」

Y子が欠伸《あくび》をかみ殺す。

わたしだって眠い。何だか、急に馬鹿らしくなってきた。


二十分ほど粘ったあと、わたしたちは和室の電灯をつけてO田さんを起こした。

「おはようございます」

寝ぼけまなこのO田さんは、一瞬、自分がどこにいるかわからないような顔で部屋を見渡した。

「……どうだった？」

「少しうなされてたけど、ずっと布団の中だったよ」

するとY子が、くいと顎《あご》を上げて訊いた。

「夢の中では引きずられたんですか？」

「いや……」O田さんが首を傾げる。「今夜は金縛りだけだったなあ」

マンションを出たわたしとY子は、小腹が空いたので、駅前の牛丼チェーン店に行くことにした。もう朝の五時を過ぎていた。

「私……そんなに飲みましたっけ？」

牛丼の並盛りを食べ終わったY子が、震える声で訊いた。

「ん？　何が？」

「お酒です。《モスコミュール》六杯だけですよね？」

「うん。いつもと変わらんと思うけど……」

普通の女子なら酔っ払う量ではあるが、Y子は酒に強い。それに、相手の様子を見ながらアルコールの量を調整してカクテルを提供するのもバーテンダーのテクニックだ。

「じゃあ、あれは何だったんだろう」

「えっ？」

「やっぱり、マスターには見えなかったですよね？」

「な、何の話だよ」

「O田さん家《ち》のリビングにソファがあったじゃないですか」

「うん……」

「あれに喪服《もふく》を着た女の人が座ってたんですよ」

「……嘘やろ？」

しかし、Y子にからかってる様子はない。いたって真顔である。

「酔っぱらいの幻覚ですよね」

Y子は、自分に言い聞かせるように言った。

「当たり前やん……て言うか、いつ見えたん？」

「寝ているO田さんの横で正座しているときです。ちょうど、私の位置からソファが見えてて……」

「なんで、そのときに言ってくれなかった？」

「だって……喪服の女の人の顔と服が……」

Y子が泣きそうな顔になり、蚊《か》の鳴くような声で呟《つぶや》いた。「女の人の顔と服が……」のあとの言葉がかすかに聞き取れたが、わたしは聞こえなかったふりをした。

「今日はもう帰ろう」

「空が完全に明るくなるまで待ってくれませんか？　今、お家に帰るのは怖いから」

「もちろん」

わたしだって怖い。

D町でバーを開いてから、立て続けに奇妙な体験をする。この土地の磁場が歪《ゆが》んでいるのか、もしくはわたしが何かを引き寄せているのか。

いずれにせよ、迷惑な話である。

「いやあ、すっかりなくなったよ」

久しぶりにO田さんが店に現れた。以前と違いやけに顔色がいい。

「なくなったって……金縛りですか？」

わたしは《黒霧島》のロックをO田さんの前に置き、訊いた。

「そう。もう引きずられなくなった」

「よかったやないですか」

「マスターとY子ちゃんが、部屋に来てくれた日からだよ」

「へえ……」

わたしは、牛丼チェーン店でのY子を思い出し、複雑な気持ちになった。

「何か、お礼させてよ」

「そんな……別にいいですよ。こうやってたまにお店に来ていただけたら」

「ダメ、ダメ。俺の気が済まない」

O田さんはいい人だが、少し強引なところがある。

「お礼って言われても……」

「そしたら、Y子ちゃんとうちの店においでよ。その日は焼鳥食べ放題にするから、さ」

「いえいえ、さすがにそれは悪いです」

「いいから、いいから。とりあえず、マスター、何か一杯飲んでよ。もちろん、俺の奢《おご》りで」

「じゃあ、《ジン・リッキー》を……」

押し切られたわたしは、渋々とカウンターの下の冷凍庫から《タンカレー》を取り出した。


後日。バーの定休日に、O田さんの店に行った。

「いらっしゃい」

はっぴ姿で頭にタオルを巻いたO田さんが出迎えてくれる。ここで彼を見るのはどれくらいぶりだろう。たしか、軟骨入りのつくねが美味《うま》かった記憶がある。

「あれ？　Y子ちゃんは？」

Y子とわたしは、今日、O田さんに招待されていて、ここで落ち合うことになっていた。

「それがさ、来れなくなっちゃったんだ。ついさっき、顔だけは出してくれたんだけどさ」

O田さんが残念そうに肩をすくめる。

「どうしたんですか？」

「急に身内に不幸があったらしいよ」

「えっ……」

「今からお通夜だって。Y子ちゃんの喪服は妙に色気があったけどね。若い未亡人みたいだったよ」

O田さんはおどけてみせたあと、焼き場の炭火を団扇《うちわ》でせっせと扇ぎはじめた。

わたしはカウンターに座り、生ビールを頼んだ。

明らかに嫌な予感に襲われてはいたが、絶妙な焼け具合の焼鳥と酒でごまかした。つくねと冷酒は相性がよかった。

次の日の夕方、二日酔いと戦いながら店の仕込みをした。頭痛がひどいときにロック用の大きな氷をアイスピックで割っていくのはキツい。毎度のことではあるが。

仕込みが終わりかけたとき、店の電話が鳴った。

「マスター、えらいことになったよ……」

O田さんだった。ひどく声が落ち込んでいる。

「何かあったんですか？」

こんな時間に彼から電話があるのは初めてだ。向こうの店も仕込みの時間のはずだ。

「Y子ちゃんが……」

O田さんが言葉を詰まらせる。

「Y子ちゃんがどうしたんですか？」

「亡くなったよ」

息ができず、立ちくらみがした。

「一体……どうして？」

「昨夜のお通夜の帰りに轢《ひ》き逃げに遭ったんだ」

「そんな……」

「かわいそうに……車の下に巻き込まれて、かなり引きずられたらしい」

「ひどい……」

わたしは、Y子がお気に入りの席を見た。いつもカウンターの真ん中あたりに座っていた。勝手に涙が溢《あふ》れてくる。

「轢き逃げ犯が捕まったのがせめてもの救いだよ。明日、お通夜だって。マスターがよければ一緒に行こうや」

「はい……また連絡します」

受話器を置いたわたしは、茫然《ぼうぜん》として何もできなかった。

ただ、牛丼チェーン店でのY子の言葉が耳元でリフレインした。

『だって……喪服の女の人の顔と服が……ズタズタに引き裂かれてたから……』

仕込みを諦《あきら》めたわたしは家に戻り、クローゼットの奥から喪服を出した。

夫婦《めおと》幽霊《ゆうれい》

「どっかにポンと百万円落ちてないですかね？」

常連客のU祐の口癖だ。バンドマンの彼はとにかく金欠なのである。しかも、ピンクのモヒカンという個性的な出で立ちなので、なかなかアルバイト先が見つからない。

「十万円でもええな」

「欲しいですよね」

「何やったら一万円でもええわ」

「その金で焼肉食べに行きましょうよ」

U祐は今年でちょうど三十歳になる。風貌《ふうぼう》のわりには礼儀正しく、人懐っこいのでわたしは弟分のように可愛《かわい》がっていた。

「J子ちゃんを連れてってやれよ」

U祐と同棲している彼女のことである。一歳年上のOLで実質の生活費は彼女が負担していた。三十路《みそじ》になってもピンクのモヒカンでいるためには、そういったサポートが必要なのだ。

「俺たち、別れるんですよ」

「……マジか？」

「もう限界だって言われたんですよ。今月中に出て行ってくれって」

「J子ちゃんに？」

「まあ、しょうがないっすよね。俺みたいなクズ相手に今までよく我慢してくれましたよ。というわけで、てっとり早く金になる怪しいバイトをやろうかな、と」

U祐があっけらかんと言ったが、その声には悲しさが滲《にじ》んでいた。

「怪しいバイト？」

「はい。事故物件に住むんですよ」

「本当にそんなバイトがあるの？　都市伝説かと思ってた」

不動産は借り主に事故物件だと申告しなければならないが、〝事故〟が起きたあとに誰かが何カ月か以上住めばその申告はしなくていいらしい。そのために、事故物件で暮らすだけで金が貰《もら》えるという仕事があるという噂《うわさ》は聞いたことがあった……。

「家賃も払わなくていいし、金も出るし、最高でしょ？」

「その部屋で自殺でもあったのか？」

「さあ？　あえて訊《き》きませんでした。俺、霊感とかないし」

U祐が他人事《ひとごと》のように言った。

数日後、U祐が真っ青な顔で店にやってきた。

「マスター、これ聞いてください」

そういって、ＩＣレコーダーをカウンターに置く。

「何これ？」

「新しい家で作曲をしてたんですけど……」

Ｕ祐は言い終わらないうちに再生ボタンを押した。

しばらくの間があったあと、くぐもった男の声が聞こえた。

『なあ、どうするよ？』

Ｕ祐の声ではない。もっと年上の中年男性みたいだ。

『何が？』

続いて、女の声。気だるそうだ。

『……何がって……俺たちのことやんけ』

『私たちの何よ？』

『だから、ほら。俺ら、全然営んでないやん』

『ハズレやな、これ。酸っぱいわ』

『聞いてる？　なんでみかん食ってんねん。今、夫婦の大事な話やろ。みかん置けや！』

みかん？　今は夏だ。季節外れである。

『聞いてるって』

『どうするよ？』

『何がよ？』

女は気だるいというより面倒臭そうだ。それに対して、男はどこか切羽詰《せっぱ》まっている。

『このままじゃアカンと思うねん』

『は？』

『やっぱり、俺らしたほうがいいんちゃうかな……セックス』

夫婦？　もしくはカップルのようだ。

『何よ、今さら』

『そういう物言いされると、どうしようもないやん』

『また私のせいにすんの？』

『またって何やねん』

『いっつも私のせいにするやん。昨日の晩御飯のカルボナーラ失敗したのも私のせいにしたやん』

『それは、お前が買ってきたベーコンが薄いからやろ。カルボナーラはな、分厚いベーコンじゃないとカルボナーラとちゃうねん』

ケンカが始まった。

『そんなん、どっちでも一緒やんか！』

『ちゃうわ！　カルボナーラには、分厚いベーコンと粗挽《あらび》きこしょう！』

『そこまで言うんやったら、毎日ごはんをあんたが作ってや！』

『たまに作るからこだわんねやろうが！』

『作るのはいいけど、めちゃくちゃになった台所片付けるの、私やねんからね。買い物から後片付けまでして、初めて作ったって言いや！』

『それは、主婦の仕事やろ』

『何言ってんの？　共働きやんか！』

『パートやんけ！』

『あんたの給料も大したことないくせに！　ボーナスもなかったくせに！』

『あほ！　それは禁句やろ！』

『知らんわ！』

録音はそこで途切れた。

「隣の部屋を盗聴でもしたんか？」

わたしは呆《あき》れてU祐に訊いた。それにしても、くだらない会話である。

だが、U祐の顔色は青ざめたままだった。唇《くちびる》まで震えている。

「……俺の部屋から二人の声が聞こえてきたんです」

「は？」

「幽霊の声を録音しちゃったんですよ」

結局、ビビったU祐は事故物件に住むアルバイトを辞めた。あんなことがあれば誰だって逃げる。

ただ、わたしはまだ疑っていた。もしかしたら、U祐がわたしを担《かつ》ごうとしているのではないかと。

何せ証拠は声だけしかないのだから。退屈しのぎに知り合いを呼んだのだろう……。しかし、その推理は、木《こ》っ端微塵《ぱみじん》に砕かれることになる。

その日、わたしはタクシーに乗っていた。

知り合いの店の五周年パーティーに顔を出したあと、自分の店を開けるために急いでいたのだ。

「話し合おうや。俺らが上手《うま》くいってないのは、セックスレスやからと思うねん」

いきなり初老の運転手が言った。

「はい？」

思わず訊き返した。しかも、さっきまでの運転手の声と違う。

この声は……。

「もっと前向きに、夫婦のことを話し合おうや。なあ、孝子」

嘘《うそ》やろ……。

この前、U祐に聞かされた録音の男の声と同じに聞こえる。

「もう……何よ？」

また運転手の声が変わった。今度はあの気だるい女の声だった。

「最近、俺に興奮したか？」

「まったくせえへん」

「俺も、お前にまったく興奮しない」

「じゃあ、別れようや」

「違うねん。俺が言いたいのは、努力不足やねんって俺たち。どんな夫婦でも、絶対マンネリはあると思うねん」

運転手はタクシーを運転しながら、器用に夫婦を演じ分けている。まるで落語のようだ。いや、演じているのではなく、取り憑《つ》かれている。

「運転手さん！　降ります！」

わたしは怖くなって訴えたが、運転手は無視して〝夫婦〟を続けた。

「まあ、私たちだけじゃないやろうしね。セックスレス夫婦は」

「工夫しよう。俺たちで」

「確かに、洗濯物が置いてあったり、洗い物が残ってる部屋では、ムードもへったくれもないもんね」

「やろ？」

「ただ、そんな簡単に工夫って言われても……」

「たまには、ラブホテルとか行けへん？」

「そんなお金どこにあんのよ？」

「……じゃあ、雑誌で読んでんけど、外でやってみる？」

「あほちゃう」

本当に幽霊だったのか。なぜかわからないが、この夫婦の幽霊はU祐の元へは行かず、わたしに会話を聞かせている。こんな迷惑な話はない。

「やっぱ、家庭教師かな」

「パート辞めて、家庭教師にならなアカンってこと？」

「違うねん。今ここで家庭教師役をやってほしいねん。試しでいいからやってみてくれへん？」

「でも、家庭教師なんかやったことないから、どうやったらいいかわからんけど」

「全然オッケーやって。ＡＶ女優も家庭教師やったことないねんから」

しかも、夫婦の幽霊が話し合っているのはセックスレス問題ではないか。リアリティーがあるのかないのかわからなくなってきた。

「どうやったらええの？」

幽霊夫婦の妻の声が、微妙に艶《つや》っぽくなってきた気がする。

「とりあえず、俺に勉強教えてや」

夫の声は弾んでいる。

「え？　教科は？」

「そんなん何でもいいねんて」

「何でもいいって言われても困るわ」

「じゃあ、英語」

「英語なんてしゃべられへんって」

「AV女優だってしゃべられへんって」

「分かった。やってみるわ」

　このままセックスを始めたらどうしよう。初老の運転手が喘《あえ》ぐ姿など見たくない。というより、タクシーを早く降りたい。もう少しで店に着くのに……。

「まず、俺が勉強するから、横から見といてほしいねん」夫の幽霊が指示を出している。「なんか雰囲気でえへんな」

「こたつにみかんしかないからな」

　またみかんだ。しかも、こたつに入っているのか。

　小さなアパートに住む冴《さ》えない夫婦の姿が浮かんできた。彼らが事故物件の幽霊なら、自殺をしたってことなのか？　それとも他の死に方を……。

　今の時点では、自ら命を断つような雰囲気はない。大阪のどこにでもいそうな夫婦の会話である。

「ボールペンとノートある？」

　夫の幽霊が訊いた。

「あるよ。はい」

「これ、家計簿やんけ」

「ノートはそれしかないもん」

「リアル過ぎるやろ。家庭教師の世界に没頭できへんわ」

「じゃあ、コンビニに買いに行きや」

「もうええわ。何も書いてないページに書くし」

「後ろから使ってな」

「わかってるわ！」

夫の幽霊が苛《いら》ついてきた。

セックスレスの解消をしようとシチュエーションプレイに挑戦しているのだが、なかなかうまくいかない。この調子だとまたケンカが始まりそうである。

「あんたは何歳の設定なん？」

妻の幽霊が面倒臭そうに訊いた。艶っぽさはとっくに消えている。

「え？　高校生やって」

「高校生？　高校生で『I have a pen.』はないやろ」

どうやら、夫のほうが家計簿に書いたみたいだ。

「分かってるけど、俺も英語をスラスラ書かれへんねん」

「どんだけアホな高校生やねん」

「うるさいわ！　ちゃんと教えてくれや、家庭教師やねんから！」

「じゃあ、それ読んでみて」

妻の幽霊が重いため息をつく。

「I have a pen.」

「意味は？」

「私はペンを持っている」

「正解です……って、これのどこが興奮すんの？」

「ちゃうねんって！」

「そんなん言われてもわからんわ！」

タクシーで運転手が霊に取り憑かれている……怖いはずなのにどうも拍子抜けしてしまう。初老の運転手と、会話の内容の組み合わせが、なんとも言えないシュールさを醸《かも》し出しているのだ。

ちなみに、わたしの店はとうの昔に通り過ぎていた。

「だから、詳しく言うと、年上のお姉さんが至近距離におって、勉強せなあかんけど、集中できなくて、それをお姉さんに見透かされて『ダメじゃないの』的なストーリーに持っていきたいねん」

夫の幽霊が熱弁している。どうしても、妻とセックスがしたいらしい。

「あんた、自分で言ってて恥ずかしくないの？」

「恥ずかしいよ！　でも、夫婦のために堪《こら》えてるやんけ！」

「難しいわ……」

「もう一回いこう。今度はそっちから問題出してくれる？　で、その問題に対して、高校生の俺が上の空で聞くから、家庭教師が叱って」

「わかった……」妻の幽霊のテンションは低い。「よっしゃ、ほんなら出すで、問題」

「そっからちゃうねん。『マサキくん』って呼んでほしいねん。ほんで、大阪弁もやめてほしい」

「注文多いな……」妻の幽霊が怒りを堪えて標準語になった。「じゃあ、マサキくん、次の問題出すよ。今から言う文章を、英文にしてね」

「はい！」

夫の幽霊が若々しい声色を使う。高校生を演じているつもりなのか。

「私は冬になると唇がひどく荒れる」

妻の幽霊が問題を出した。

「え……」夫の幽霊がしどろもどろで答える。「冬はwinter……唇が荒れる？……wild lip?」

「wild lip って何よ！」

「荒々しい唇」

「そんな単語あるわけないでしょう。ほんと馬鹿なんだから。全然勉強してないでしょ」

「してるよ」

「マサキくんてさあ、ほんと勉強できないよね。どうせ学校でもいじめられてるんでしょ」

「そんなことないよ」

「いいえ、絶対いじめられてるね。女の子たちからも、童貞、童貞ってばかにされてるんでしょ」妻の幽霊がヒートアップしてきた。「ん？　そうなんでしょ？　答えてみなさいよ。あんたなんかねえ、人間の屑《くず》よ。勉強したところでロクなもんになれないわ。能無し！　役立たず！　ごぼう！　ごぼう！　ごぼう野郎！」

「ちょっと待て！　プレイがちゃうやろ！　言葉責めになっとるがな！」

夫の幽霊が落胆とともにブチ切れた。

「今の違う？」

「何ここぞとばかりにののしってんねん！」

「ごめん。つい……難しすぎて……」

「イメージ膨《ふく》らませろや！」

「何でそんなに偉そうなん？　もう知らん！」

会話は唐突にここで終わった。

運転手がタクシーを止めて、ポカンと窓の外を見る。

「あれ？　お客さん……もしかして、私、居眠りしてました？」


店に戻って、わたしはU祐に苦情の電話をかけた。

だが、「俺には関係ないです。お祓《はら》いをしてきましたから」と逃げられた。たしかに、彼に責任はないが、夫婦の幽霊の痴話《ちわ》喧嘩《げんか》を聞かされたわたしの身にもなってほしい。今にもタクシーが事故を起こすのではとヒヤヒヤだった。

しかしこの話は、まだ終わりではなかった。

深夜。営業中に店の固定電話が鳴った。団体客が帰ったあとで、店内にはわたし一人だった。

「お電話ありがとうございます……」

店名を言おうとした途端、受話器の向こうから聞き覚えのある声がした。

『家庭教師ぐらいできるやろ！』

言うまでもなく、夫の幽霊だ。最悪なことにケンカの真っ最中である。

『じゃあ、見本を見せや！　どうせ、エロDVD借りてんねやろ！　はよ見せてよ！』

妻の幽霊も負けじと言い返す。

『……今日はたまたま違うヤツやねん。家庭教師ものは借りてない』夫の声が急にトーンダウンした。『だから、見ても参考にならへんと思う……』

『どんなエロDVDよ？　内容言いや』

『ええやんけ……別に』

『言いや！』

妻の幽霊がブチ切れる。凄《すご》い迫力だ。

電話をさっさと切ればいいのに、わたしは会話が気になって受話器を置くことができなかった。洗い物をしなければならないのに迷惑な話である。

『……全裸で和太鼓』

夫の幽霊が弱々しく答える。

『は？　何て？』

『だから、全裸で和太鼓っていうタイトルの作品や』

短い沈黙が流れる。妻の幽霊のため息が聞こえた。

『どういう内容なん……それ？』

『五十人くらいのＡＶ女優が全裸で和太鼓叩《たた》くねん！』

また重い沈黙。妻の幽霊が連続でため息をつく。

『わかってる。何も言うな。俺も興味本位で借りてきただけやから』

『全裸で太鼓って……そっちのほうが、家庭教師より簡単やわ。太鼓はないから菜箸《さいばし》で鍋でも叩いたらええんやろ？』

『やめてくれ。よりセックスレスになるがな』

会話はここで終わった。

なんだか、わたしはこの夫婦の幽霊がだんだん愛《いと》おしく思えてきた。

次に夫婦が登場したのは、二日後の朝方だった。
店が終わって家に帰り、シャワーを浴びて缶チューハイを飲みながら朝の情報番組を観ていた。わたしにとって頭を空っぽにできる貴重な時間である。
そこに邪魔が入った。
《家庭教師で頼む！》
いきなり、テレビの画面にテロップが入った。
《無理やって！》
《わかった。じゃあ、俺が見本見せるから》
《お前が高校生の男の子役やって。俺が短大生の家庭教師やる》
最初は何事かと思った。画面の中ではアナウンサーとコメンテーターたちが真面目な顔で消費税の問題について語り合っているのだ。
《マジで言ってんの？》
《こんなこと冗談で言えるか》
さすがに付き合ってられない。わたしはリモコンでテレビを消した。
翌日の夕方、わたしは店に行くために家を出た。

マンションの駐輪場に、猫が二匹いた。たまに見る野良猫たちだ。

「わかった。やめよう。家庭教師は諦《あきら》めるわ」

夫の幽霊の声だ。

わたしはうんざりして振り返った。

「不器用でごめんな。あんたが一生懸命やろうとしてくれてんのに」

夫婦の幽霊は二匹の猫に取り憑いていた。

「いいって。気にすんな。俺も一生懸命やり過ぎた。お前がドン引きするのもわかる」

「どうする？　私たち……このままやったら一生セックスできへんよ」

「工夫しよう」

「孝子！　お前のファンタジーは何やねん？」

「私のファンタジー……その前に、ファンタジーの意味がもうひとつわからんねんけど」

猫がしゃべっている。動物が主人公の映画を観ているみたいだ。しかし、猫たちは無表情だし大阪弁なので、可愛《かわい》くもなんともない。

「孝子はどういうシチュエーションに興奮すんの？　誰しも憧れのシチュエーション

があるやろ？」

「……ないことはないけど」

妻の幽霊が照れている。でも、無表情の猫だ。

「何？　俺も家庭教師って言ったやん、教えてや」

夫の幽霊はかなりしつこい。これを愛と呼んでもいいのか。

「自分で勝手に言い出したんやんか」

「夫婦の間で隠し事はやめようや」

妻の幽霊が意を決して言った。

「女スパイ……」

「スパイって、あのスパイ？　トム・クルーズ的な？」

「うん……」

妻の幽霊はとてつもなく恥ずかしがっている。

「その女スパイがどうなったら興奮すんの？」

対照的に夫の幽霊の声は弾みまくりだ。

「敵に捕らわれるねん」

妻の幽霊は勇気を出して告白した。

「具体的にどんな敵？」

「……いい人ではない」

「ビジュアルは？」

「……マント」

「マント？」

「ごめん。マントは違う」

「別にいいねんで。マントぐらいつけるよ」

「違うから忘れて」

「どんな敵？　俺、できる限り敵になるから。どんな風貌《ふうぼう》？」

「……がっしりとしてる」

「えっ……俺……痩《や》せてるやん」

一気に夫の幽霊のテンションが落ちた。

「ごめんて……」

妻の幽霊の声も弱々しい。

「諦めへん。ダウンジャケット着たらええねん。がっしりに見えるやろ」

「無理せんでもいいねんで」

「いや、着る！」

　頑張れ。わたしは無意識のうちに応援していた。

　この夫婦には幸せになってほしい。たとえ、幽霊だとしても、二人の魂はたしかに存在しているのだから。

「ところで、そのスパイは何をスパイしてんの？」

　夫の幽霊が質問した。必死さが伝わってくる。ただ、猫は前脚で顔を掻《か》いているが。

「……そこまでは、考えてへん」

「アカンやん。根本やん、そこ」

「だって、私の頭の中ではいつも敵に捕まってる所から始まるねんもん」

「じゃあ、今考えよう。女スパイがとある政治家の秘密を暴きに来たけど、ムキムキのボディーガードに捕まったっていう設定は？」

「うん。それがいい」

「女スパイはどんな感じで捕まってほしい？」

「まず、見つかって逃げようとするけど、行く手を阻《はば》まれて、私が反撃する。けど、難無く躱《かわ》される、って感じかな？」

「お、いいやん、いいやん。やってみようや。じゃあ、さっそく戦おうや！」

戦いが始まった。夫の幽霊は敵になり切っている。しかし、猫たちは体を寄せ合い目を細めていた。

「何者だ！　名を名乗れ！」

「戦うの？」

「あっ……孝子です」

女スパイが本名を名乗ってどうするんねん！

わたしは、手に汗握り、夫婦を応援していた。傍《はた》から見れば、猫を見て歯を食いしばって興奮している怪しい男にしか見えないだろうが。

「お前があの有名なコードネーム孝子か！　まさか、こんな美しいお嬢さんだったとはな！」

「どうもありがとうございます」

妻の幽霊は恐縮しているが嫌そうではない。彼女なりに演じている。もう夫を馬鹿にしてはいない。

「観念するんだな。俺は女だからといって、容赦はしない。女でも躊躇《ちゅうちょ》なくグーで殴《なぐ》る。かかってきな！」

夫の幽霊が、声高々に言った。あっぱれな演技だ。

「えいやー！」

妻の幽霊が、かっこいい声で叫んだ。

猫同士が、キスをするみたいに互いの顔を舐《な》めた。

その日、わたしは店の仕込みの買い物の途中で花屋に寄った。

店が終わったあと、自分の妻に花束をプレゼントしたら浮気を疑われた。

うしろを見るな

たまには少年時代の話をしよう。

わたしが十二歳の頃の出来事である。今思えば、あのときぐらいから、わたしの周りでは奇妙な現象が起き始めていた。本格的に心霊体験をするようになったのはD町でバーを開いてからだが。

当時、住んでいた場所は、大阪の北の山に作られた住宅地だった。交通の便には困ったが、自然に囲まれていたので子供を育てるにはいい環境ではあった。

来年から中学生になるにあたって、わたしは家庭教師を雇ってもらった。本来なら、塾に通いたかったのだが、何せ山なのでちゃんとした塾がない。そこで、仲が良かった友人三人の親同士が相談し、知り合いを通じて英文科に通う現役の大学生を家庭教師として呼んでくれて、三人まとめて勉強を見てもらうことになったのである。

「おいおい、お前ら、ちゃんと復習したのか？」

家庭教師のW井さんは、帰国子女で外国人のように鼻が高いイケメンだった。

「もちろん、しましたよ！　バッチリです！」

H瀬は私と同じ少年野球チームの一番バッターだった。背が小さくてすばしっこく、お調子者だ。

「頑張ったつもりです……」

　I川が自信なさげに答える。こいつは図体がでかいくせに、声が小さくていつも背中を丸めている。だが、サッカーがうまく、鉄壁《てっぺき》のゴールキーパーだった。

　わたしを入れたこの四人は、毎週水曜日の夜に集まり、二時間の英語の勉強をした。W井さんは、長い髪を掻《か》き上げるのが癖《くせ》のナルシストだったけれど、クラスの男子とも教師とも違う雰囲気があり、色んな話がきけて、わたしは水曜日を楽しみにしていた。

「釣りに行こうか。来週の日曜日なら空いてるぞ」

　W井さんが作った模擬テストで、三人ともまぐれで満点を叩《たた》き出したのだ。わたしたち三人のテストの結果がよかったからと、ご褒美《ほうび》にW井さんが遊びに連れて行ってくれることになった。

「やったー！　めっちゃ嬉《うれ》しい！」

　H瀬が派手にガッツポーズを取る。

「僕に釣れるかなあ」

　そう口では言いながら、I川も嬉しそうだ。

　四人で遊びに出かけるのは初めてだった。いつも遊んでいる三人の中に、大人が入るのがとてもワクワクした。しかも、車で連れて行ってくれるというのだ。

「だけど、朝は早いぞ。お前ら起きれるのか？」

「何時ですか？　絶対、起きますけど」

H瀬が、ニヤつきながら訊《き》いた。

「三時だよ。朝イチから釣りたいからな」

「は、早い。起きれるかなあ」

よく寝坊するI川が泣きそうになる。

釣りの場所は、京都と滋賀の境目にある山奥のダム湖だった。W井さん曰《いわ》く、ブラックバスが〝入れ食い〟らしい。車で行ってもかなり時間がかかるし、渋滞も避けたいからと、早い出発となった。


当日は誰も寝坊しなかった。

わたしたちは車の中ではしゃぎながらダム湖を目指した。まだ、外は暗く、ちょっとした冒険に出る気分だった。

「近道をするぞ」

朝四時。W井さんがハンドルを切ると、山沿いの国道を走っていた車は、急に山の中へと入って行った。

「だ、大丈夫なの？」

Ｉ川がさっそくビビる。

運送のトラックがビュンビュン走っていた大きな道から、まともに街灯もない砂利道に入ったのだから不安にはなる。

「この道を抜けたら、すぐにダム湖なんだよ」

Ｗ井さんが得意げに言う。

「うひょー！　ワープだ！」

Ｈ瀬がさらにテンションを上げた。

道はどんどん狭くなり、窓の外に木の枝がパチパチと触れるぐらいまでになった。明かりは車のヘッドライトだけ。まさに冒険である。

わたしもドキドキしつつ、滅多にできない体験に心を躍らせていた。

しばらく走っているうちに、Ｈ瀬とＩ川がウトウトしはじめた。景色が変わらないし、静か過ぎるので睡魔に襲われたのだ。

小学生だったわたしたちは、三人とも後部座席に乗っていた。

わたしもひと眠りしようかと目を閉じたそのとき、カーステレオからかすかに音が聞こえてきた。

W井さんがつけたの?

車内に流れているのは、複数の女の人のコーラスだった。

しかも、曲を歌っているのではなく、透き通るような声で「アー」と声を合わせているだけだ。

なんやろ、これ? ラジオか?

気になったわたしは、右隣のH瀬を起こそうとした。

H瀬は起きていた。H瀬も、声のせいで目が覚めたのだ。

「何、この声?」

「女の人たち……やんな?」

I川も目を開けていた。

わたしは、黙って運転しているW井さんに、カーステレオで何をかけているのか質問しようと、身を乗り出した。

次の瞬間、W井さんがバックミラーを見ながら絶叫した。

「うしろを見るな!」

あまりの迫力に、わたしは全身を硬直させた。

「ひっ」

H瀬が短い悲鳴を上げ、座ったまま気をつけの姿勢を取る。

「お前ら、絶対にうしろを見るなよ！」

バックミラーに映るW井さんの顔が、とんでもなく怯《おび》えている。それが、余計に恐怖を増した。

カーステレオのコーラスがますます大きくなる。

「何がおるのかな……」

I川がゆっくりと振り返ろうとする。

「やめろ！　うしろを見るな！」

「W井さん、お、教えてや」

わたしは恐怖を押し殺して訊いた。怖いけど、気になってしょうがない。

「見るなって言ってんだろ！」

「だから教えてや！」

「ダメだ！」

結局、わたしたちは一度もうしろを見なかった。

いつの間にか、コーラスが消えていた。

「お前ら、もういいぞ。うしろを見ても」

W井さんがホッとした声で言った。横顔が疲れ果てている。

わたしたちは、三人同時におそるおそる振り返った。

何もない。ライトに照らし出されているのは、木の枝と砂利道、そして闇だけだ。

「う、うしろに何があったんですか？」

わたしは勇気を出して訊いた。

「知らないほうがいい」

W井さんがぶっきらぼうに答える。

「殺生《せっしょう》やわ……」

H瀬が体を仰《の》け反《ぞ》らせて、頭を抱えた。

「しつこいぞ。どんなに頼まれても言わない」W井さんが頑《かたく》なに突っぱねる。「そんなことより釣りを楽しもうぜ」

「はい……」

I川が血の気の失せた顔で頷《うなず》いた。

ダム湖での釣りは楽しかった。入れ食いとまでは言わないが、それなりにブラックバスが釣れた。

「僕……見たんだ」

わたしの隣で釣っていたI川が、囁《ささや》くように言った。

他の二人は少し離れた場所で釣りを満喫している。

「えっ？」

「車のうしろに何がいたか……僕、サイドミラーで見えちゃったんだ」

「な、何がおったん？」

I川は、視線を釣竿《つりざお》の先に注いだまま呟いた。

「霊柩車《れいきゅうしゃ》が走ってた」


帰りは近道を使わず、国道を通った。

W井さんが一人ずつ、家まで送ってくれた。わたしが一番最後だった。

「お疲れさん」

家の前で車が停まった。運転席のW井さんが優しく微笑《ほほえ》む。

「ありがとうございました」

「楽しかったな。また行こうぜ」

「あの……」わたしは我慢できずに訊いた。「うしろを見るなって言ったとき、霊柩車に追いかけられたんですか？」

「見たのか？」

「I川に聞きました。サイドミラーで見てしまったって」

W井さんが深いため息をつき、低い声で言った。

「いきなり現れて、消えた」

「じゃあ、その霊柩車は……」

「もう忘れろ」

そうすることにした。世の中には深く追及しないほうがいいこともある。

もう一度、お礼を言って車を降りた。W井さんの車は、軽くクラクションを鳴らして去って行った。


玄関のインターホンを押すと母親がドアを開けてくれた。

おかえりなさいと言おうとした母親の笑顔が一瞬で引き攣《つ》った。

「うしろの人は……誰？」

カウンターの復讐屋

バーテンダーという仕事において一番大切な才能は何かと訊《き》かれたら、わたしは「客のヒソヒソ話が聞こえても聞こえないふりをすること」と答えるだろう。二番目に必要な才能は、「見ていないふりをすること」だ。つまり、バーテンダーは、カウンターにいてもときに存在を消さなければならない。何度も店に来ているのに、注文と会計のとき以外はバーテンダーと言葉をかわさないという客は意外と多いのである。

その客は、去年の秋に集中してわたしの店に訪れた。いつも、ヤンキースのベースボールキャップを斜めにかぶり、童顔に口髭《くちひげ》を蓄えていた。パッと見た感じはヒップホップ好きな若者だが、年齢不詳だ。名前は知らないので、わたしは心の中で勝手に《口髭ヤンキース》と呼んでいた。

口髭ヤンキースの職業は、復讐《ふくしゅう》代行だった。

そんな仕事が本当にあるのかわからない。カウンターの隅に座る彼と依頼人の会話を、わたしが盗み聞きをしただけだ。確証はない。

ある夜。口髭ヤンキースに依頼人が会いに来た。巻き毛のギャル風の若い女だった。おそらく、二十代前半だろう。

カウンターの一番端に座った巻き毛ギャルは泣いていた。マスカラが取れてもお構いなした。

見かねた口髭ヤンキースが、カウンターにある紙ナプキンを取り、巻き毛ギャルに手渡す。

巻き毛ギャルは涙を拭《ふ》き、ペコリと頭を下げた。

「そろそろいいっすか」

口髭ヤンキースの言葉に、巻き毛ギャルは「え？」という表情を作る。

「ターゲットの写真、いい？」

巻き毛ギャルは、またペコリと頭を下げて、キャラクターもののスマホケースを開いた。当然、わたしからは画像は見えない。

「この人ってさ……アレだよね」携帯電話を覗《のぞ》いた口髭ヤンキースが驚く。「お笑い芸人の、あのG太郎だよね」

巻き毛ギャルがさらに深く頭を下げた。カウンターにぶつかりそうで心配だが、見て見ぬふりは続けなければいけない。

わたしはカウンターの内側で、この二人連れとは反対側の端に立ち、カクテルブックを読んでいた。実際は、本の内容は何も頭に入ってきていなくて、ただページをめくっているだけなのだが。

「マジかよ……超売れっ子じゃん」

テレビをほとんど観ないわたしでも、その芸人は知っていた。

「どうせ一発屋やし、すぐに消えると思う」巻き毛ギャルが舌足らずの声で、憎々しげに言った。「ていうか、この世から消してくれへん？」

「いや、オレは殺し屋じゃないんで。そういうの無理」

「殺さんでもええから、復讐をお願いします」

巻き毛ギャルが、マスカラの筋が何本かできた顔で懇願した。

口髭ヤンキースは、カットライムを入れた《コロナ》をラッパ飲みし、もう一度彼女の携帯電話を覗いた。

「あなたとツーショットで写ってるけど、付き合ってるの？」

「元カノってやつ……」

巻き毛ギャルが深いため息をつく。注文した《カシスウーロン》は、ひと口しか飲んでいない。

「あら、せっかく売れたのにもったいないよね」

「ウチとG太郎は五年くらい付き合っとってん」

巻き毛ギャルは見た目から二十代前半くらいかと思っていたが、もう少し上なのかもしれない。バーは間接照明で雰囲気を出しているので、実年齢がわかりにくいのだ。

「結構、長期間だね」

「G太郎が売れてないときは、ウチが昼に古着屋で働いて、夜はキャバクラに行って稼いでてん。同棲してたから……」

「偉いなあ。オレなら絶対無理」

「芸人はいつもネタになる物を探さなきゃいけないって言って、毎晩、ウチのお金で飲み歩いてたし」

「キツいなあ」

口髭ヤンキースが同情した顔で、《コロナ》をラッパ飲みする。この男はいつもグラスを使わない。

「G太郎がテレビでいつも着てる革ジャンあるでしょ……あのトレードマークの」

「あれ凄《すご》くイイやつなんだよね？　ブランドもので百万円位するってバラエティ番組でやってたよ。下積み時代に武勇伝を作るために、わざわざローン組んで買ったんじゃなかったっけ？」

「買ったのはウチやし。三十六回払いのローンやし。それやのに売れた瞬間、モデルの女と付き合い始めて……」

巻き毛ギャルがうつむいてハラハラと涙を零した。

「ポイ捨てかあ。キツいなあ」

口髭ヤンキースが紙ナプキンを束で摑《つか》んで、渡してやる。態度は軽薄だが、優しい一面があるようだ。

「実はウチ、三年前に妊娠してん。やけどG太郎が今は結婚できないって言ったから……」

「キツいなあ」

正真正銘のクズだ。しかし、常識から大きく外れた人間だからこそ、芸能界で結果が出せたのかもしれない。この店には、若手のお笑い芸人をはじめ、役者の卵やミュージシャン志望がよく訪れる。彼らに共通しているのは、花がないことと真面目過ぎることだ。と言っても、芸に対して真面目というわけではない。ちゃんとシフト通りにアルバイトに行くような真面目さである。

「お願いやから、G太郎をテレビから消える前に消して」

巻き毛ギャルがトートバッグから封筒を取り出し、カウンターの上に置いた。

「だからオレは殺し屋じゃないって。頑張るけどね」

口髭ヤンキースは、封筒の中身をチラリと確認してニヤける。

人気絶頂のお笑い芸人に復讐……一体、どうするのだろうか。口髭ヤンキースによほどの人脈がない限り、難しいように思えた。

巻き毛ギャルが帰ったあと、彼は《コロナ》をもう一本空けた。もちろん、わたしとの会話は注文と会計のときのみだった。

二日後、口髭ヤンキースのもとに二人目の依頼人が訪れた。

金髪で体の大きいその男は、明らかにヤクザだった。年齢は三十代後半だろうか。眉毛《まゆげ》が薄く、とにかく威圧感が尋常ではない。

「お前、いい商売やっとんな」

「……すんません」

口髭ヤンキースの緊張が、カウンターの端でカクテルブックを読んでいるわたしにも伝わってきた。

「別に謝んなくてもええわい。で、ケツはどこが持ってんねん」

「フリーでやらせてもらってます」

「ホンマか。バックがおらんと何かと困るやろ」

「細々とやってる分にはフリーで充分っす。それで……ターゲットの方は?」

金髪ヤクザは周囲を気にしたあと、声を落とした。

「千石会舎弟頭《せんごくかいしゃていがしら》のE本を殺せ」

「いや、オレは殺し屋じゃないんで無理っす」

「殺せへんのやったら、奴《やつ》のメンツを潰《つぶ》せ」

口髭ヤンキースのテンションがみるみる下がっていくのがわかる。《コロナ》も飲もうとしない。

お笑い芸人の次は、現役の極道に復讐……どんな仕事も楽ではないということだ。

「具体的にどうすればいいんすか?」

「それを考えるんがお前の仕事やろが」金髪ヤクザが封筒をカウンターに置く。「上《う》手《ま》くいったら十倍やる。ほら、前金や」

口髭ヤンキースは封筒を受け取ったが、金髪ヤクザの目を気にしてか、中身を確認しようとしない。

「ちなみになんですけど……もし、ご期待にそえない結果になった場合はどうなるんっすかね?」

「お前を殺す」

ヤクザが冗談を言ったが、目は笑っていなかった。

ヤクザが帰ったあと、口髭ヤンキースはヤケクソになったのか《コロナ》を三本立て続けにラッパ飲みした。

相変わらず、わたしとの会話は注文と会計のときだけだ。

その翌日、三人目の依頼人が来た。どうやら復讐代行業は、世の中に結構ニーズがあるらしい。

その女は、赤縁のメガネをかけたセレブ風の女だった。年齢は四十代の半ばだろうか。ショートカットに整えられた髪や手触りの良さそうなブランドの服が、D町に似つかわしくない上品さを醸《かも》し出している。

それにしても、依頼人たちはどうやって、口髭ヤンキースに辿《たど》り着いたのだろうか。まさか、堂々とネットで募集しているとか。いや、口コミか。とにかく、物書きとしての好奇心が刺激される。

「依頼する前に訊きたいんだけど。こちらのプライバシーは守られるのよね？」

「大丈夫っすよ。オレ、口固いっすから」

口髭ヤンキースは、昨夜と打って変わって、持ち前の軽薄さを取り戻して《コロナ》をラッパ飲みした。カウンターの端でカクテルブックを読んでいるわたしも、何だかほっとした。

「契約書とかないの？」

赤縁メガネのセレブが怪訝《けげん》そうに訊いた。

「ないっすね。すべて口約束っすね」

「わかったわ」

赤縁メガネのセレブは覚悟を決めた顔で、《エルメス》のハンドバッグから出した携帯電話の画面を口髭ヤンキースに見せた。

「なんかリッチっぽい感じの奥さんですね？　お知り合いっすか？」

「ママ友よ。子供同士が同じ小学校に通ってるの」

「こんな上品そうな人に何されたんっすか？」

「イジメられてるの」

「子供が？」

「……私がよ」

赤縁メガネのセレブが表情を曇らせる。

ママ友の付き合いはドロドロしてなかなか大変だと耳にしたことはある。アウトローの世界の住人には無縁の話だが。

「じゃあ、ママ友やめたらいいじゃん」

口髭ヤンキースがあっけらかんと言った。

「そう簡単にはいかないのよ」

わたしにはまだ子供がいないが、親同士の関係のややこしさは容易に想像できる。子供や学校が絡むだけに、身動きが取れなくなるのだろう。

「具体的にどういったイジメをされてんっすか」

「理由は分からないけど、ボス格のママ友に嫌われちゃったの。海外旅行のお土産を私にだけくれなかったり、私の家が3LDKなのをバカにしてきたり……」

「ママ友ボスは、何LDKに住んでるんっすか？」

「5LDKよ」

赤縁メガネのセレブが忌々《いまいま》しげに顔を歪《ゆが》める。

「超セレブじゃん。いいよなあ」

「昨日お茶したときには、私がお手洗いに行って戻ってきたら、半分以上残っていた私のロールケーキが無くなってたの」

「陰湿ですね。復讐しましょう。どのレベルまでやっちゃいますか」

口髭ヤンキースはノリノリである。極道に復讐することと比べたら、主婦に復讐するなどお茶の子さいさいなのだろう。

「できれば、ママ友ボスに死んでほしいんだけど」

「殺し屋じゃないんで、無理っす」

どの依頼人も過激だ。よほど腹に据えかねるものが溜まっているらしい。

「料金は先払いよね？」

赤縁メガネのセレブが《シャネル》の財布を出した。

「まずは半額いただいて、成功したら残りをいただく感じっす」

「カードは使えない？」

「無理っす」

赤縁メガネのセレブが帰ったあと、口髭ヤンキースは腹が減ったのか、珍しくおでんを食べた。会計が終わって店を出るとき、ドア越しに「ごちそうさまあ」と間延びした声が聞こえた。

三日後、久しぶりに巻き毛ギャルが現れた。店に入ってきたときからしかめっ面だった。

「G太郎、今日元気いっぱいでバラエティに出てたんやけど……」

「ごめん。まだ復讐できてないんだよね」

「そうなんやあ……」

巻き毛ギャルはあからさまにガッカリして、《カシスウーロン》をちびちびと舐《な》めた。

「心配しないでよ。仕事はちゃんとやるからさ。何事も準備は周到にしないとダメじゃん？」口髭ヤンキースが飄々《ひょうひょう》とした口調で、自分の携帯電話を見る。「まず、朝四時に起床。それからすぐにタクシーで福島区のテレビ局に移動して、朝の情報番組にゲスト出演。十一時には他の局に移動してバラエティ番組収録を二本こなしてる。超忙しいよね。オレはテレビ局には入れなかったんで、中での詳しいことはわからないけど、待ち時間にブログを更新してるよ。G太郎、意外とマメだよな。その後、テレビ局を出たところにある喫茶店で、今度出版する料理本の打ち合わせをして、その日の仕事は終了」

「尾行してくれたん？」

巻き毛ギャルが目を丸くする。

「オレ、疲れちゃったよ」

わたしも驚いて、カクテルブックのページをめくる手を止めた。口髭ヤンキースはああ見えて仕事熱心なのか。やはり人を外見で判断してはいけない。

「てか、料理本って何なん？」

巻き毛ギャルが眉をひそめる。

「下積み時代に料理の腕、磨いたんだってね。貧乏でも美味《おい》しく作れる料理のレシピ本だって。ヒモやってただけあって、やっぱ料理は得意なの？」

「苦手やって。料理してるとこなんか見たことないし」

「嘘《うそ》なのかよ。ひでえなあ」

稼ぎどきというのはそんなものだ。売れっ子だからといって、純粋にお笑いだけで食えていけるほど甘くはないというわけだ。

「で、打ち合わせのあとは？」

巻き毛ギャルが怒りを堪《こら》えて訊いた。貧乏ゆすりが激しい。

「後輩芸人数人とアメ村に飲みにいって大盤振る舞いしてたよ。居酒屋でも、あの革ジャンを着たままだから、客にサインとか握手を求められてたね。後輩も渋々付き合ってるって感じだったなあ。なんか、悲しいよね。居酒屋を出たあとは、一人でタクシーに乗って堀江に移動して交際中のモデルのマンションに行った」

「ウチと付き合ってるころと全然違う」巻き毛ギャルが半泣きになって呟《つぶや》いた。「隙《すき》を見て殺せへん？」

「ゴルゴ13じゃないんだから、無理。いい復讐の方法を考えるから、もうちょっとだけ辛抱してよ」

そう言って、馴《な》れ馴《な》れしく巻き毛ギャルの背中を擦《さす》った。

巻き毛ギャルが帰ったあと、口髭ヤンキースは、またおでんを食べてくれた。どうやら気に入ってくれたらしい。

口髭ヤンキースがおでんを食べ終わるころ、金髪ヤクザがズカズカと店に入ってきた。

「で、どんな感じや」

「今、情報収集の段階っす」

口髭ヤンキースの反応を見る限り、今日は、依頼人とのアポを二件入れていたようだ。

「おう、そうか。E本の様子はどないやねん」

「一応、尾行してたんすけど、おっかないっす。ちなみに、アナタのことも少し調べさせてもらったんすけど、E本の千石会とアナタの組は、親戚筋にあたるんすね」

「ウチの組長と千石会の組長が兄弟分なんや。だから何やねん。余計な詮索《せんさく》する暇《ひま》あるんやったら、さっさと復讐せんかい」

「申し訳ないっす」

口髭ヤンキースが背中を丸めて肩を落とした。

「尾行したんやろ。結果を訊いとんねん」

「その……言い訳するわけじゃないんすけど。かなり難航してまして……」

「はあ？　知らんがな。こっちは高い金払ってんやぞ。何とかせんかい」

金髪ヤクザがデカい石のような拳《こぶし》でカウンターをコンコンと鳴らす。威嚇《いかく》としては効果絶大である。

「色々とE本の弱みを探してるんですが……すんません」

「泣き言はええねん。俺も忙しいんじゃ。もっとええ報告してくれや」

「いい報告といえばE本には愛人がいるんです」

口髭ヤンキースが汚名返上とばかりに背筋をシャンと伸ばす。

「まあ、おるやろな。北新地《シンチ》の女《タレ》か？」

「いえ、新町っす」

「……新町？　ええ女《タレ》なんか？」

「この方っす」

口髭ヤンキースが自分の携帯電話を見せた。

「何や、おい。フツーのおばはんやんけ」

金髪ヤクザが鼻で嗤《わら》った。おそらく、この男には若くて綺麗な愛人がいて、復讐相手のＥ本に対して優越感をおぼえているのだろう。

「セレブっすよ。５ＬＤＫのマンションに住んでるんすよ」

わたしは思わずカクテルブックから顔を上げそうになった。

５ＬＤＫといえば、赤縁メガネのセレブの復讐相手のママ友ボスではないか。極道の愛人なわけがない。口髭ヤンキースは、何を企んでいるのだ。

「このおばはんがどないしてん？」

「アナタの悪口をおっしゃってましたね。新町の『ニコラス』というカフェでロールケーキ食べながら……」

口髭ヤンキースがさらに嘘を重ねる。依頼人の復讐相手をぶつけ合うつもりだ。

「あん？　何て言っとってん？」

「男としての器が小さいって」

「どれぐらい小さいって？」

「刺身《さしみ》醤油《しょうゆ》を入れるお皿です」

「小皿やんけ」金髪ヤクザがドスを利かせる。「その新町のカフェ、教えろや。その女、拐《さら》うわ」

「拉致《らち》ってどうするんすか？」

口髭ヤンキースの口元が緩《ゆる》んでいる。自分の手をわずらわせず、赤縁メガネのセレブの復讐を完遂する魂胆だ。

「お前には関係ないやろが」

金髪ヤクザは注文した《ワイルドターキー》のロックを一気に飲み干して、去って行った。

口髭ヤンキースは嬉しそうに《コロナ》をラッパ飲みし、豪快にゲップをした。とうぜん、わたしは聞こえないふりをした。

翌日、興奮した赤縁メガネのセレブが来店した。

「今日のお昼に大変なことが起こったのよ」

「ぜひ、聞きましょう」

口髭ヤンキースはニヤけつつ、《コロナ》にカットライムをねじ込んだ。

「新町のいつものカフェでママ友たちとお茶してたんだけど……いきなり金髪の大男が『誰が醤油の皿や』ってわめき散らしながらカフェに入ってきてママ友ボスの口にロールケーキをぶち込んで、店の外に停めてあったベンツに連れ込んでどこかへ行っちゃったのよ。もうびっくりしちゃった」

「拉致られたんすか？」

「私も『やった！　やっちまえ！』って心の中で喜んだんだけど……ぬか喜びだったわ。その大男、ママ友ボスをベンツからぽいって捨てると、そのまま走り去っていったの」

「なにやってんだよ、アイツ……」

口髭ヤンキースが露骨《ろこつ》に舌打ちをする。

「もしかして、復讐に失敗したの？」

赤縁メガネのセレブが眉間《みけん》に皺《しわ》を寄せた。

「努力はしてるんすけどねえ」

「とにかく、あの女をうんと懲《こ》らしめてよ。幸せだった私のセレブライフを取り戻したいの」

セレブライフと自分で言うところが凄い。彼女はプライドの塊《かたまり》なのだ。だから、高い料金を支払ってまで復讐に走るのだ。

「ママ友ボスの弱点を知りたいんすよね。嫌いなものとか苦手な人とか、何でもいいんすけど」

「弱味を見せないからね、あの女」

赤縁メガネのセレブはオレンジジュースを飲みながら、しばらく考えていたが思いつかない様子だ。

「さすがママ友ボスだね。じゃあ、逆に彼女の好きなものは何かな？」

痺《しび》れを切らした口髭ヤンキースが訊く。

「それ聞いてどうするのよ」

「好きなものを餌《えさ》にしておびき寄せたりできるかな、と」

「あの女の好きなものはよく知らないけど……お笑いの話はよくするわね。文化的レベル低いのよねえ」

「お笑い？」口髭ヤンキースが目を光らせる。「ママ友ボスは、芸人のG太郎は好きっすか?」

「さあ……」

赤縁メガネのセレブが興味なさげに首を捻《ひね》る。

「今、旬の芸人だよ? テレビに出まくってるじゃん」

「出まくってるけど、全然面白くないわ」

「まあね」

口髭ヤンキースが肩をすくめて、つまみのジャイアントコーンを口に放り込む。

さらに復讐相手同士をぶつける気だ。合理的ではあるが、かなりリスクが高い。

わたしは、視線を感じて横目でカウンターの様子を確認した。口髭ヤンキースがじっとこっちを見ていたので、慌てて視線を逸らした。

二週間後、巻き毛ギャルがぷりぷりして店にやって来た。手には週刊誌を持っている。

「見た? バッチリ、スクープされてるっしょ」

「何なんよ、これ?」

巻き毛ギャルが叩《たた》きつけるように週刊誌をカウンターに置く。

「G太郎、二股《ふたまた》発覚」

　口髭ヤンキースが得意げにピースサインを作る。

「あんたの仕業なん？　モデルの女は知ってるけど、もう一人のおばさんは誰なんよ？」

「新町のセレブだよ」

　赤縁メガネのセレブの復讐相手のママ友ボスのことだ。

「はあ？」

　巻き毛ギャルが大げさに首を捻る。

「その週刊誌にスクープされたおばさん、お笑いが好きなんだよねえ。G太郎が通ってるモデルのマンションの住所を教えたら野次馬根性丸出しで観に行ったってわけ」

「あんたが教えたん？」

「オレじゃないよ。ママ友が教えたの」

　赤縁メガネのセレブに指示を出したのか……。

　信じられないが、口髭ヤンキースが描いたプランどおりに事が進んでいる。これが、彼の復讐の方法なのだ。

「て、ことは、このセレブのおばさんはG太郎と付き合ってないん？」

「そういう風に見えるように、オレが隠れてパパラッチしたんだよ。その写真を週刊誌に送りつけたのさ」

「そんなことして、何の意味があるんよ」

巻き毛ギャルは何を言われてるのか、いまいち理解できないようだ。

「まあ、オレに任せてよ。あと少しで決着するからさ」口髭ヤンキースがウインクをして《コロナ》をひと口飲む。「最後に確認するけど、本当に復讐してもいいんだよね？　あとで後悔しない？」

「うん」巻き毛ギャルが、力強く頷《うなず》く。「G太郎の顔をテレビや駅の看板で見るたびに、心が八つ裂きにされるんやもん」

「その気持ちはわかるよ」

「本当にわかる？　心の底から誰かを愛したことがある？　この人のためなら何でもできるって思ったことある？　寂《さび》しくて寂しくて死にそうって思ったことある？」

「ないね。すぐ漫画とか読んじゃうもん、オレ」

「じゃあ、ええ加減なこと言わんとってや」

「悪い。ごめんな」

口髭ヤンキースが、馴れ馴れしく巻き毛ギャルの頭に手を置いた。

「G太郎にもよく頭を触られたなあ。お金欲しいときとか、浮気がバレそうになったときとか、『愛してるで』って、ポンポンしてくれたなあ」

「クズだなあ」

巻き毛ギャルがさめざめと泣き出した。またもや、顔にマスカラの筋ができる。

「G太郎は弱い人やから、ウチがおらんとあかんねん。ウチがおらな何もできへんから……」巻き毛ギャルは泣き止もうとしてはしゃくり上げた。大きく深呼吸する。

「もし、あんたが復讐してくれへんのやったら、ウチがG太郎を殺すわ」

「刑務所に入っちゃうって」

口髭ヤンキースが苦笑いを浮かべる。

「G太郎を殺して、ウチも死ぬ」

「落ち着けよ。オレがちゃんと復讐するからさ。その代わり、協力してよね」

「何でもするで。G太郎が地獄に堕《お》ちてくれるんやったら」

「じゃあ、アルバイトしてよ。北新地のキャバクラで」

口髭ヤンキースが、《コロナ》の瓶《びん》の横に置いていたカードを渡す。キャバクラのショップカードだ。注文のときにチラリと盗み見た。

「キャバクラで何をするんよ？」巻き毛ギャルが不安な表情を見せる。「昔、働いたことあるけど……」

「常連客にE本という男がいるから仲良くなってほしいんだ」

わたしはその名前にピクリと反応してしまった。

金髪ヤクザの復讐相手だ。口髭ヤンキースは、さらに事態を混乱させようとしている。完全に綱渡り状態だ。それとも、彼にしかわからない勝算でもあるのか。

「仲良くって、どれぐらいよ。ハッキリ言ってや」

巻き毛ギャルが警戒して訊いた。

「E本とセックスしてくんない？」

お得意のあっけらかんとした口調だ。だが、冗談のトーンではない。口髭ヤンキースは本気なのである。

「嫌やわ。何言ってんのよ」

当たり前だ。無茶な要求にもほどがある。

「じゃないとG太郎に復讐できないんだよね」

「そのE本って人とG太郎は知り合いなん？」

「全然、関係ないけど、オレがつなげるからさ」

「つなげる？」

「オレは何の取り柄もない人間だから、直接は何も変えられない。でも、少しだけ、他人の運命のレールを変えることはできる」口髭ヤンキースが急に真剣な声になった。

「あとは見守るだけでいい」

「よくわからんけど信じるわ」巻き毛ギャルが腹を括《くく》った顔になる。「北新地のキャバクラで働いて、E本って人の女になる。その代わり……」

「何？」

「もう一回、頭をポンポンして」


巻き毛ギャルが帰ったあと、口髭ヤンキースは半分以上残っている《コロナ》には手をつけずに、ずっと目を閉じていた。

眠っているのかと思ったが違った。ブツブツと何かを言っているが、声が小さくて聞き取れなかった。

彼はどうして依頼人とのミーティングにわたしの店を使っているのだろう。家が近いのか。それとも、いつ来ても大抵暇で騒がしくないからなのか。

目を開けた口髭ヤンキースは、「よし」と小さく呟いて席を立った。どうやら、復讐のプランを練っていたみたいだ。

恐ろしいことが起きそうな予感がするが、依頼人との話が聞こえていないふりをしているわたしにはどうすることもできない。それに、彼のやりかたで復讐が成功するのか、最後まで見届けたい誘惑に抗えずにいた。


五日後、苦虫を嚙《か》み潰《つぶ》したような顔の金髪ヤクザが腹を押さえてやって来た。

「どうしたんすか？」

口髭ヤンキースは《コロナ》を片手に訊いた。まったく心配そうではない。

「ここんところ腹の調子がおかしいねん。この前もせっかく新町のカフェでセレブばばあを拐ったのに腹が急に痛くなりよったから、セレブばばあをベンツから突き落としたったわ」

「なるほどそれで……」

「俺の話はどうでもええやろ。そっちのほうはどうやねん。E本に復讐できそうか」

「はい。E本のもとに強力な刺客を送り込みました」

「ほう。ええやんけ。ヒットマンか」

「まあ、そんな感じっす」

「どんな男や？」

「はい？」

口髭ヤンキースが飲もうとした《コロナ》を宙に止めてキョトンとする。

「ヒットマンの話や」

「男じゃないんすよ」

「女の殺し屋かいな。『ニキータ』みたいやな。女の細腕でどうやって殺すねん？」

E本はそんなに甘くないぞ」

「その女がキャバクラ嬢に成り済まして毒を盛ります」

巻き毛ギャルのことだ。あの子にそんな大役をまかせるのか……。

だが、口髭ヤンキースは嘘を言っているような気がする。これだけ毎回聞き耳を立てていたので、微妙な声のトーンの違いがわかるようになってきた。

「それで、こんな物持って来いって言ったのか」

金髪ヤクザが不敵に笑い、持ってきたセカンドバッグをカウンターに置いた。

「この中に、あれがあるんですか？」

「おう。あれが入ってる」

……何だ？　口髭ヤンキースが異様に緊張している。

「お前が個人的に使うんとちゃうやろうな」

「なわけないじゃないっすか」

「ほとんど混ざりっけのない上物やからな。無駄遣いすんな」

セカンドバッグに何が入っているかだいたい想像がついた。

カクテルブックを読んでいるわたしの鼓動は、限界に近いぐらいまで速まっている。ページをめくろうとするが手が震える。今、ドリンクの注文が入ったらマズい。カウンターの目の前で作らなくてはいけないからだ。

「ありがとうございます」口髭ヤンキースがセカンドバッグを受け取った。「最後に確認しますけど、本当に復讐してもいいんすね？　あとで後悔しないっすか？」

「誰に言っとんねん、こらっ。ぶっ飛ばすぞ」

金髪ヤクザが凄んだ。小声でもかなりの迫力がある。

「すんません」

口髭ヤンキースが素直に謝った。

「たしかに俺も、かつて仲間やったE本を痛めつけたくはない。やけどなあ、男にはどうしてもやらなあかんときがあるねん」

「その気持ちはわかります」

「本当にわかんのか？　お前に男のプライドがあんのか？　舐められるぐらいなら死んだほうがマシだと思ったことがあんのか？　悔しくて悔しくて誰かをぶっ殺したいと思ったことあんのか？」

「ないっすね。一晩寝たら忘れちゃうんで」

素直過ぎる返事だ。今にもぶん殴《なぐ》られそうでヒヤヒヤする。

「E本に舐められたまま生きていたら、俺は男やなくなるねん」金髪ヤクザがしんみりとした声になる。「E本とはよく飲みに行ったわ。若いときは、毎晩、ゲロ吐くまで酒をかっくらってよ。ミナミの路地裏に並んでゲーゲー吐いて、『いつか二人ででっかくなろうや』って誓い合ったもんや」

「あの……そろそろ教えてもらえないっすかね？」口髭ヤンキースが思い出話を遮《さえぎ》った。「復讐の理由っす」

「なんで言わなあかんねん」

「理由を知らずに行動するのは怖いんっすよ」

と言いつつ、決して怖がっている声ではない。

この男は、どうして他人の復讐を手伝う道を選んだのか。ちなみに、わたしが物書きを目指しているのは、架空の物語を描く才能が自分にはあると思ったからである。

復讐の才能……。果たして、そんなものがあるのだろうか。

「E本はな、俺の秘密を知ってもうたんや」金髪ヤクザは《ワイルドターキー》のロックグラスに太い指を入れて氷を掻《か》き回した。「奴は見たらあかんものを見てもうたんや」

金髪ヤクザが去ったあと、口髭ヤンキースはまた目を閉じてブツブツと言っていた。まるで念仏か呪文でも唱えているかのようだ。

一時間後、赤縁メガネのセレブが来店した。口髭ヤンキースは今日も、二件のミーティングを入れていたようだ。

「何なの、これは？　説明してもらえる？　どうして、あの女が載ってるわけ？」

赤縁メガネのセレブは週刊誌を手に声をひそめて怒りをぶちまけている。

「これも作戦のうちなんすよ」

口髭ヤンキースが悪気なく首をすくめる。

「どういう作戦なのか詳しく教えなさいよ」

「企業秘密っすよ」

「私は依頼人よ？」

「料理人もお客さんにわざわざ料理のレシピを教えないっしょ」

「屁理屈はやめなさい」

「オレがつなげるからさ」

「何の話？」

「オレは何の取り柄もない人間だから、直接は何も変えられない。でも、少しだけ、他人の運命のレールは変えることができる。あとは見守るだけでいい」

口髭ヤンキースが、巻き毛ギャルのときと同じ言葉を並べた。真剣なトーンまで一緒である。

「意味不明だわ」

「信じてほしいな。絶対に結果を出すからさ」口髭ヤンキースが軽薄な口調に戻る。

「最後に確認するけど、本当に復讐してもいいんすね？　あとで後悔しない？」

これも他の依頼人のときと同じ言葉だ。

三つの復讐が終わりに近づいている……。どういう結末を迎えるのか、わたしには予想がつかなかった。

「あの女のおかげで私の人生はメチャクチャなのよ……惨《みじ》めよね……」

「ママ友ボスには、最初から嫌われてたんすか？」

「そんなことなかったわ。むしろ、やたらとスキンシップが多くて、『細くて羨《うらや》ましいわ』とか『お肌すべすべね』とか言ってベタベタ触ってきたぐらいだもん。私が露骨に嫌がったらやめてくれたけどね」

「それって……あっちの気があるんじゃないの？」

「まさか。ママ友ボスには旦那さんとお子さんがいるわよ」

「本性を隠して生きているんだ。もしかすると、ママ友ボスのアプローチを拒否したからイジメが始まったんじゃない？　きっと、そうだよ。ほら、好きな子ほどイジメたくなるときってあるじゃん」

「小学生じゃないんだし……」

「一度、試してみたら？　ママ友ボスに告白して反応を見ようぜ」

「ふざけないでよ」

「試してみる価値はあるって。イジメがピタリとなくなるかもよ」

　そうなれば口髭ヤンキースが復讐する意味もなくなる。

「私はあの女に復讐したいの。今さら仲良くなんてなりたくない」

　口髭ヤンキースがセカンドバッグをカウンターに置いた。金髪ヤクザから預かったものである。

「今度、カフェでお茶するとき、こっそりとママ友ボスのカプチーノにこれを混入してください。カプチーノを頼むかは知らないけど」

「……何を入れるの？」

赤縁メガネのセレブの顔が青ざめる。

「ママ友ボスは、新町まで愛車のＢＭＷで来てますよね。これを飲ませたら帰りに事故を起こすからさ」

「わ、私がやるの？」

「運命は自分で変えようよ。オレはそのお手伝いをするだけ」

店内の空気が、突然、ひんやりと冷たくなった。クーラーでガンガンに冷房をつけているかのようだ。

赤縁メガネのセレブが催眠術をかけられたみたいな顔でセカンドバッグを受け取り、店を出て行った。

「頑張ってくださいね」

口髭ヤンキースが赤縁メガネのセレブの背中に手を振った。彼女は振り返らなかった。

これだけ観察しても、わたしには彼の本性が見えなかった。場末のバーのカウンターで他人の運命を弄《もてあそ》ぶのを楽しんでいるだけの男にも思えてきた。

「おでんください」

「はい」

口髭ヤンキースの声に、わたしはカクテルブックから笑顔で顔を上げた。

三日後、巻き毛ギャルがニコニコ顔で現れた。

「ほんまにありがとう。めっちゃ嬉《うれ》しい」

口髭ヤンキースの手を握り、喜んでいる。

「オレは何もしてないよ」

「でも、G太郎は車に轢《ひ》かれたやん」

つい、五時間前のことだ。新町の路上で事故に遭ったお笑い芸人のG太郎が意識不明の重体だとニュースで流れていた。

「偶然だってば」

「G太郎を轢いた人、週刊誌にスクープされたセレブのおばさんやんね？」

赤縁メガネのセレブの復讐相手のママ友ボスが車を運転していた。彼女も事故で意識がない状態だ。

「それも偶然」

「しかも、変な薬をやってたって……」

「みたいだねえ。最近の主婦は怖いねえ」

偶然ではない。すべて、口髭ヤンキースが仕込んだことである。

わたしは、ネットでニュースを見て動けなかった。

「本当に何もしてへんの？」

「オレは運命のレールを少し変えただけ」

「偶然やったら、残りのお金払わなくてもいいの？」

「ダメに決まってんじゃん。何言ってんだよ。オレがいたからこそ、その偶然が起こったんじゃない」

「そうかもしれへんけど……」

「誰だって捕まりたくないよね。あくまでも安全圏で復讐のお手伝いをするのがオレのポリシーなの」

だからこそ、この男は回りくどい手段を取って、復讐のターゲットや依頼人を〝ミックス〟していたのだ。

「じゃあ、これ残りの……」

巻き毛ギャルが納得いってない顔で封筒を出す。

「毎度あり」

口髭ヤンキースが満面の笑みで封筒を受け取る。

「……北新地のキャバクラはもうやめてもいいの？」

「いくとこまでいってくれた？」

「はあ？」

「E本とセックスしてくれた？」

口髭ヤンキースに遠慮なしに訊かれ、巻き毛ギャルの顔が引き攣《つ》る。

「まだやねん。指名はしてくれるようになったけど……だって、G太郎が事故ったから、復讐はもう終わりやん」

「それが、まだ終わってないんだよね。物事には順番ってものがあるじゃん」

「何の順番よ？」

「運命のドミノ倒しというか、風が吹けば桶屋《おけや》が儲かるというか……とりあえず君の協力が必要なわけ」

「もしかして、他にも依頼人がいるん？」

「まあね。これが仕事だしね」

口髭ヤンキースが素直に認める。ただ、会話の主導権は彼が握っていた。

「ウチがE本と寝たら、誰かが復讐されるの？」

「どうだろう。神のみぞ知るってやつじゃない？」

「あんた、一体、何者なん？　死神？」

「人間だよ。見ればわかるだろ」

店内の空気が冷たくなってきた。巻き毛ギャルはわたしから見てもわかるぐらいに震えている。

「でも、人の運命を操ってるやんか」

「コツさえ摑《つか》めば誰だってできるよ。バタフライ効果って知ってる？　北京《ペキン》で蝶《ちょう》が羽ばたくとニューヨークで嵐が起こる。カオス理論の喩《たと》えだよ。小さな出来事が未来に大きな影響を与えるんだ」

「じゃあ、G太郎が大ケガをしたことで、ウチの未来が変わるの？」

「変わるかもしれないし、変わらないかもしれない。未来を予測するのは不可能だよ」

「もし……ウチがE本と肉体関係を持たなければどうなるんかな」

「オレの用意したレールから外れるだけだよ。また違う未来が待ってる」

巻き毛ギャルはしばらく押し黙ったあと、口を開いた。泣いてはいないがとても悲しげな目をしている。

「ねえ。ウチ、幸せになれると思う？」

口髭ヤンキースは曖昧《あいまい》な笑みを浮かべるだけで、ハッキリとは答えなかった。

巻き毛ギャルが帰った三十分後、金髪ヤクザがご機嫌な顔でカウンターの隅に座った。

「お前、いつもその席やな」

「オレの特等席なんすよ。他の席だと座り心地が悪いというか……全体が見えにくくなっちゃうんすよね」

「全体って何やねん？」

「客観的に物事を見るためには適度な距離が必要なんですよ」

わたしはまるで自分に言われているような気持ちになった。

「相変わらず、わけわからんこと言うやっちゃな。でも、ありがとよ。E本を突き落としてくれて」

「オレは何もしてないっすよ。限りなく必然に近い偶然です」

「どっちやねん」

「偶然に見えますけどオレのプランどおりっていうか……。まあ、そこまで計算したわけではないんすけど」

「どうでもええわ。E本に復讐できたからな」

「残りのお金……払ってもらえますかね？」

口髭ヤンキースがおずおずと訊いた。

「当たり前やろ。俺を見くびんな」

金髪ヤクザが、懐から分厚い封筒を出してカウンターに滑らせる。

「毎度あり」口髭ヤンキースがホクホク顔で封筒を受け取った。「この感触はまさか……」

「おう。約束通り十倍入ってる」

「マ、マジっすか」

「そんなはした金で騒ぐなや。これから、俺が仕事を流してやるやんけ。嬉しいやろ？　この調子で頑張ってくれや」

「……お気遣いなく」

口髭ヤンキースの顔から途端に笑みが消え、目を瞬《しばたた》かせている。

「男なら欲張らなあかん。使えるもんは何でも使っとけ。いつでも俺んとこ来いや。お前の特殊能力は金になるで」

「オレはごく普通の一般人ですよ。運命のレールを少し変えただけです」

「それができへんから、世の中の奴らは困ってんだよ。大抵の奴らは運命を自分で切り開こうとする。自分で未来を決めようとするねん」

「誰だってそうっすよ」

「違う。運命はあらかじめ決まってるねん。運命は無数に枝分かれしているけど、人はひとつの道に沿って歩くしかないやろ」

「はあ……」

金髪ヤクザが《ワイルドターキー》を豪快に飲み干してニタリと笑った。

「お前、E本がマンションのベランダから飛び降りることを知ってたんか？」

これで三人目の犠牲者だ。口髭ヤンキースは、ターゲットに指一本触れることなく復讐を完遂させている。

わたしはカクテルブックを閉じた。もう少し、二人に近づきたい。事の顚末《てんまつ》を聞き逃せば絶対に後悔する。

「オレは何も知らなかったですよ」

「警察の話では、E本の部屋には女がおったらしい。つい最近まで、お笑い芸人のG太郎と付き合ってたモデルや。その女の話では思わぬ事故が起きたそうや。酒にベロベロに酔ってマンションのベランダでじゃれ合ってたらE本がバランスを崩して落ちたんやとさ。どうせ、ベランダでやらしいことしてたんだろうなあ」金髪ヤクザは最高に幸せそうな顔になっている。「あのモデルはお前が用意した女ヒットマンなんか？」

「違いますってば。オレがお願いした女は北新地のキャバクラ嬢ですから。今はもう店を辞めて地元の和歌山に帰っちゃいましたけど」

「じゃあ、あのモデルは偶然、E本と会ったのか？」

「みたいっすね。G太郎とのスキャンダル発覚で事務所をクビになったし、お金に困って北新地のキャバクラで働き出したみたいっすよ」

「皮肉やのう。あのお笑い芸人が下手《へた》こいたから、E本が転落したんか。まだ意識が戻らへんらしいで」

「運命ってやつですよ」

口髭ヤンキースが静かに答える。

店内の空気が冷たくなり、金髪ヤクザがぶるりと体を震わせた。

「さっきの話、なしにしてくれや。とてもやないけど、お前のケツ持ちにはなれへんわ」

「お疲れ様です」

口髭ヤンキースは、逃げるかのようにそそくさと帰る金髪ヤクザに手を振った。


さらに三十分後、赤縁メガネのセレブが暗い表情で店に現れた。

「ママ友ボスの様子はどうだった？」

口髭ヤンキースが訊いた。《コロナ》を三本飲んで顔が赤くなっている。

「まだ意識不明の重体が続いてるわ」赤縁メガネのセレブがため息を飲み込んだ。

「復讐はここで終わりにしてほしいの。無関係の人も巻き込んでしまったし……」

「無関係？」

「お笑い芸人のG太郎よ。あの女がBMWで轢いてしまったでしょ」

「あれは可哀想だったよな。せっかく売れっ子芸人になったのに。新町でロケがあったみたいだね」

「私のせいだわ……私があの女のカプチーノに変な粉を入れたから……」

「運命だって。気にしない、気にしない」

口髭ヤンキースが《コロナ》をラッパ飲みする。

「私があなたに復讐を依頼しなければ……G太郎が大ケガをすることはなかったじゃない」

「逃れられないんだよ、きっと」

口髭ヤンキースが、《コロナ》を眺めながら目を細める。瓶《びん》に映る自分の顔でも見ているのだろうか。

「何から逃れられないのよ」

赤縁メガネのセレブが震える手で《エルメス》のハンドバッグからタバコを出した。

「オレ、タバコの煙が苦手なんだよね」

「……お願いがあるの」吸おうとしたタバコをカウンターで潰して、赤縁メガネのセレブが言った。「また新しく復讐をしてほしいの」

「どなたにすればいいの？」

「私よ」

「えっ……どうして？」

わたしまで、口をポカンと開けそうになった。

「あの女の部屋から、私宛のラブレターが何通も見つかったのよ。警察が家宅捜索をしたの」

「やっぱり、あっちの気があったんだ」

「私の勘違いで……あの女が死のうとしている……」

赤縁メガネのセレブが泣き出した。口髭ヤンキースがカウンターの紙ナプキンを渡す。

「自分に復讐ってウケるよな。これも運命なんじゃない？　追加料金になるけどいいかな？」

赤縁メガネのセレブが前もって用意していた封筒を《エルメス》のハンドバッグから取り出した。

「私は何をすればいいの？　指示をちょうだい」

「和歌山に行って、ある女性と仲良くなってほしい」

和歌山……巻き毛ギャルのことか？

「……何のために？」

「その女性が何らかの事故に巻き込まれると思うから、近くにいれば一緒に犠牲になる確率が高いよ」

「あなた……未来が見えるの？」

赤縁メガネのセレブが、怯《おび》えた目で口髭ヤンキースを見る。

「そんなわけないじゃん。神様じゃないんだから。でも、そんな気がするんだよなあ。この前、E本というヤクザがマンションのベランダから落ちたんですよ。E本は、金髪の大男の秘密を握っていた」

「もしかして……新町のカフェに乱入してきた……」

口髭ヤンキースは、質問を無視して続けた。

「E本をベランダから突き落としたのは、実は金髪の大男だという噂が回ったら周りの人間はどう思うだろうね。だって、動機を持っている人間が他にいないんだもん。金髪の大男はE本の組の報復を怖れて逃げるしかない。どこに逃げると思う？」

「わからないわよ」

「たぶん、和歌山だよ」

「どこから、和歌山が出てくるの」

「限りなく偶然に近い必然だからさ」

口髭ヤンキースが断言した。その顔には何の迷いもない。

店内の温度がどんどん下がってきて、わたしと赤縁メガネのセレブの口からは白い息が漏れた。まるで、冷凍庫の中に閉じ込められたみたいだ。

「和歌山に隠れている金髪の大男を、Ｅ本の組が追いつめるんだろうなあ。銃撃戦が始まるんだろうなあ。きっと、そこにいた一般人に流れ弾が当たるんだろうなあ」

「ちょっと……」

「女の人が二人死ぬんだろうなあ」

もしそうなれば、今回の依頼人たち全員が死ぬことになる。復讐を果たした三人が、罰を受けるかのように。

赤縁メガネのセレブは、《エルメス》のハンドバッグを抱え、反射的に立ち上がった。

「あなた……人間じゃないのね」

赤縁メガネのセレブが帰ったあと、口髭ヤンキースは《コロナ》とおでんを楽しんだ。

ひと仕事終わった解放感からか、わたしは彼と初めて注文と会計以外の会話をかわした。話しかけてきたのは彼のほうだった。

「マスター、復讐したい人いる？」

シンデレラと死神

店が終わったが、わたしは家には帰らず、D町の駅前にあるファミリーレストランで小説の原稿を書くことにした。この日は休肝日で一滴もアルコールを体に入れていないので、まだ睡魔には襲われてはいない。有り難いことに常連客が増えてバーテンダーとしての仕事は忙しかったが、わたしが目指しているのは作家なのだ。書けるときには書いておきたい。

午前五時のファミリーレストランにはほとんど客はいなかった。集中できる環境は助かる。何より、珈琲《コーヒー》がお代わり自由なのが嬉《うれ》しい。

三十分ほどしてようやく筆が乗りはじめたとき、右隣の席で紅茶を飲んでいた女性が声をかけてきた。

「お体に気をつけてくださいね」

「はい？」

「今、辛そうにお咳《せき》をなさったでしょ？」

「ああ……どうも」

わたしはどう答えていいのかわからず、言葉を濁した。咳払いはしたが、体は至って健康なのである。

美しい女だった。年齢はゆうに四十歳を超えてはいるが、シンプルな黒いワンピースが似合っていた。ただ、ひどく顔色が悪かった。黒くて長い髪も、まったくといっていいほど艶《つや》がない。

そして彼女からは変わった匂《にお》いがした。香水だろうか。バニラとスパイス系が混じった香りだ。

「もしかして、作家さんですか？　どんな物語を書いてらっしゃるのですか？」

「おもにミステリーですが……」

「素敵ですね。素晴しいお仕事です」

「ありがとうございます」

読んでもないのに褒められても、嬉しくはない。仕事に戻ろうとノートパソコンに目をやったわたしに、女が言った。

「もしかしたら有名な方なのかしら？」

「残念ながら違います」

「でも、本屋さんに作品は並んでらっしゃるのでしょ？」

「まあ……はは」

乾いた愛想笑いで返した。見栄を張っても仕方がないが、自ら売れていないことを宣言する必要はない。やっとデビュー作の出版が決まったばかりだ。

「よければ今度、ディナーに誘ってくださいませんか」

「えっ？」

さすがに驚いた。女性から食事に誘われたことはあるにはあるが、ぶっちぎりの最短記録である。話しかけられてから三分も経《た》っていない。

女はヴィヴィと名乗った。

「昔から雰囲気がヴィヴィアン・リーに似ているって言われるんです」

いくらなんでもそこまでの美貌《びぼう》はないだろう。ハリウッド黄金期の名作である『風と共に去りぬ』と『欲望という名の列車』でアカデミー主演女優賞を受賞した伝説の女優と自分を並べるとは、図々しいにも程がある。それだけで食事に行くのを断る理由にはなる。

だが、わたしはヴィヴィの次のひと言に強く惹《ひ》かれた。

「わたし、最近までの二年間、記憶がなかったんです。血液の病気で倒れてしまって、意識が戻ると二年が経っていました。今、右目はほとんど見えません」

「それは……大変でしたね」

たしかに彼女の右の瞳は、薄い膜が張ったように白い。

「今も入院しているのですが、お医者様から月に一度の外出許可をもらって、こうして好きな場所で息抜きをしているのです」

「そうなんですか……」

「来月の外出許可が出たら、またお会いしたいです」

ヴィヴィは、完璧な笑みを浮かべた。笑顔の美しい女性はもちろん好きだ。しかし、初対面でこの展開は身構える必要がある。

新手の詐欺《さぎ》か？　彼女が嘘《うそ》をついているようには見えなかったが、警戒するに越したことはない。場末のバーで日銭を稼ぎながら社会勉強をしているわたしは、欺《あざむ》こうとしてくる人間の臭《にお》いには敏感だった。

ヴィヴィは充分に怪しいが、不思議なことにその種の臭いはしない。もしくは、わたしの物書きとしての好奇心が、鼻の利きを鈍らせているのか。

「いいですよ。行きましょう。食べられないものはありますか？」

「いくつかお医者様から止められているものはありますけど、気にしていません」

「好きな食べものは？」

「お肉でもお魚でも。和でも洋でも中華でも美味《おい》しければ何でも来いですわ」

ヴィヴィが大げさに両眉《まゆ》を上げた。いちいち表情が芝居じみている。

「当然、お酒は駄目ですよね」

「お酒のない人生なんて何の意味もありませんわ」

「同感です」

ヴィヴィはわたしとメールアドレスを交換したあと、紅茶をほとんど残して立ち去った。

まあ、騙《だま》されたら騙されたで構わないだろう。痛い目に遭ったところで、小説のネタのストックが増えるのだ。身に纏《まと》う衣服を脱ぎ捨て、茨《いばら》の道にダイブするのが、作家という生き物の性《さが》である。

バーテンダーも同じようなものではあるが。


それから何日間か、ヴィヴィとメールでやり取りをした。

メールでの彼女の言葉は妙に若々しく、どこか浮世離れしていた。まるで二十歳の女子みたいな口調で距離を詰めてきて、わたしは少々戸惑った。正直、彼女のことを痛々しいとさえ思えた。

年齢とか、病気になる前の仕事など、ヴィヴィの情報についてはあえて訊《き》かなかった。なるべくミステリアスな存在でいてくれたほうが、創作意欲を刺激されるからだ。

会う日程が決まり、わたしは心斎橋にあるカジュアルな和食店を予約した。病気のヴィヴィには優しい味がいいと判断したのだ。

しかし、ヴィヴィは『その店はいまいちビビッとこないなあ。ヴィヴィの行きつけの店にするね』と一刀両断した。ならば最初からお前が選べ、と返信しそうになった。それだけではない。病院から一時的に外出する彼女のために、ホテルまで押さえていたというのに、『そのランクのホテルはヴィヴィ的にはちょっと……』と言葉を濁し、『できればお宿を変えてくれたら嬉しいなあ』と梅田にある高級ホテルの名前を出してきたのである。

わたしは好奇心旺盛ではあるけれども、お人好しではない。ファミリーレストランで隣り合わせになった女のためにそこまではできない。ヴィヴィは美しい女ではあるが、口説《くど》きたいとは思わなかった。いくらなんでも、重病で入院中の女を抱くほどまでは飢えてはいない。

わたしが、『気に入らないのであれば、ホテルは自分で取ってください』と送ると、『ごめんね。ヴィヴィは入院の費用でお金がないから、駅前の安いビジネスホテルにするよ』と拗《す》ねた態度で返ってきた。

繰り返すが、痛々しい。だからこそ興味が湧《わ》くわたしも、どうかしている。

一カ月後、わたしの店の定休日にヴィヴィと再会した。

待ち合わせは、心斎橋にあるシティホテルのロビーだった。指定してきたのはヴィヴィだ。

会った瞬間、度肝《どぎも》を抜かれた。ヴィヴィが胸元のざっくり開いた水色のドレスを着て、ロビーの真ん中で威風堂々と突っ立っているではないか。ドレスは背中も割れていて白い肌が丸見えである。こんなドレスは、アカデミー賞の授賞式でレッドカーペットを歩くハリウッドスターが着ているところしか見たことがない。

さ、寒くないのか？

真冬ではないとはいえ、ヴィヴィは重い病気で入院している患者なのだ。そもそも、そのドレスは病院から着てきたのか。それとも、ビジネスホテルで着替えたのだろうか。

ヴィヴィがわたしを見つけ、「あなたのために、このドレスを選んだのよ」という表情を浮べて馴《な》れ馴《な》れしく腕を組んできた。相変わらず、バニラとスパイス系の香りがする。

ホテルのエントランスを抜け、すぐにタクシーを拾った。

「本町まで」

じゃあ、最初から本町の駅で待ち合わせすればよかったのに……。

シティホテルのロビーで待ち合わせをすることに、彼女なりのこだわりがあるのだろうか。


ヴィヴィのオススメの店は、牡蠣《かき》料理が抜群に美味《うま》いフレンチだった。

「シェフ、お久しぶりです」

「はい？」

「十年ほど前まで、Hさんとよくお邪魔していたヴィヴィです」

「ああ……Hさん。はい、はい」

白髪の初老のシェフは、明らかにヴィヴィのことを覚えていなかった。つまりここは、彼女ではなくHさんという人物の行きつけの店なのだ。

ヴィヴィは、そんなシェフの態度をまったく気にすることはなく、グラスシャンパンで乾杯し、値段を見ずにシャブリの白ワインのボトルを注文した。

「だ、大丈夫？」

生牡蠣をちゅるんちゅるんと立て続けに食べ、シャブリをグビグビと飲むヴィヴィに思わず訊いた。

「とても幸せだわ」

「ならいいんだけど……」

会計は、わたしが払った。


二軒目もヴィヴィが選んだ。梅田の高級ホテルのバーだった。ジャズの生バンドが演奏をしていた。ボーカリストの黒人女性が、『マイ・ファニー・バレンタイン』を歌っていた。とても好きな曲だけど、アレンジ次第では酷《ひど》く暗い気持ちになる。

「お久しぶりです」

「はい？」

「十年ほど前まで、Mさんとよく遊びに来ていたヴィヴィです」

「ああ……Mさんですね。よく覚えていますよ」

オールバックで銀縁眼鏡のバーテンダーも、ヴィヴィのことは記憶にないようだ。しかし、ヴィヴィは堂々と《ドライ・マティーニ》を注文する。わたしもつられて同じものを頼んだ。

「今夜は本当に幸せ。ありがとう」《ドライ・マティーニ》をひと口飲んだヴィヴィがうっとりと微笑《ほほえ》む。「あなたに見せたいものがあるの」

ヴィヴィが《シャネル》のハンドバッグから、分厚いノートみたいなものを取り出してわたしに渡した。

「何、これ？」

「ヴィヴィの大切な思い出」

それは、たくさんの写真が納められているアルバムだった。写真の中のヴィヴィは、瑞々《みずみず》しさに溢《あふ》れ、驚くほど美しかった。

「何歳のときの写真なん？」

「大昔。ヴィヴィがまだキラキラしていたころ。ニューヨーク、ハワイ、パリ、ロンドン、マドリード、モナコ。いろんなところに行ったわ。バブルの時代だったから愛してくれた人たちはみんなお金持ちでヴィヴィをお姫様にしてくれたの」

「そうやろうね……」

真夏の太陽の下、クルーザーに乗って水着とサングラス姿でポーズをキメているヴィヴィ。雪の中、ブロードウェーを歩くヴィヴィ。エッフェル塔の前で、白人の紳士から頰《ほお》にキスをされるヴィヴィ。たしかに、どの写真のヴィヴィも眩《まぶ》しいほどに輝いている。まさに、お姫様だ。

「いろんな男性から、数えきれないぐらいプロポーズをされたわ。でも、すべて断ったの」

「何で？」

「ヴィヴィには夢があったから。その夢だけは、お金や権力があっても叶《かな》えることはできなかった。夢を叶えるために、一人の人生を選んだの」

「どんな夢？」

「内緒。結局、叶えることができなかったの」

バーの薄暗い照明の下、隣に座るヴィヴィが微笑《ほほえ》んだ。それは、今までの笑顔とはまったく種類の違うものだった。メイクで隠しているシミ、首の皺《しわ》、痩《や》せこけて出っ張っている鎖骨が目立った。わたしは、胸が締め付けられてアルバムを閉じた。

ヴィヴィがシャネルのハンドバッグからメンソールのタバコを出し、震える指で一本抜いて咥《くわ》えた。

「タバコも吸うのか？」

「そうよ。今夜のヴィヴィは自由だもん」

火をつけ、煙を吐き出し、激しくむせた。わたしは心配になり、背中を撫《な》でてやった。ざらりと乾いた感触が、手の平に残る。

ヴィヴィは咳《せ》き込みながら、喘息《ぜんそく》の患者が使う気管を広げる器具を出し、口に当てて勢いよく吸い込んだ。

シュコッ！　シュコッ！

ジャズに聴き惚《ほ》れていたボックス席の外国人カップルが眉《まゆ》をひそめる。

シュコッ！　シュコッ！

バーテンダーも露骨に迷惑そうな顔でこっちを見る。それでも、ヴィヴィは気にしない。その音は、まるで彼女の生きている証《あかし》のようだ。

ヴィヴィの咳が止まった。得意げな顔で、胸を張る。

「いいこと教えてあげる」

「何？」

「今、ノーパンなの」

「どうして？」

「このドレスを着るときは、いつもそうなのよ」

「なるほど」

そう答えるしかなかった。誘われたのかと思ったが、どうやら違うようだ。

ジャズバンドの曲が終わった。客たちの拍手が響く。ヴィヴィは、自分が賞賛されたかのように満足気に目を細めた。そして、残りのマティーニを一気に飲み干し、シ

なった。
わたしは、思わず笑ってしまった。馬鹿にしたわけではなく、心の底から可笑《おか》しく
「ヴィヴィは上機嫌の種を蒔《ま》くのよ!」
ヨートグラスを高々と揚げて叫んだ。

ぐでんぐでんに泥酔したヴィヴィをバーから運び出し、御堂筋《みどうすじ》に出てタクシーを拾った。

「一人で帰れるよな」

念のために確認した。どこのビジネスホテルに宿を取ったのかは訊いていない。

「まだよ。まだ足りないわ」

「もう飲めへんやろ」

「ダメ。ヴィヴィは明日死ぬんだから」

完全に目が据《す》わっている。肩を抱いている手を離したら、ぶっ倒れそうだ。

「何言ってんねん」

「信じて。本当に死ぬの。だから、最後の思い出が欲しかったのよ」

「ホテルの場所はどこなん?」

「嫌だ。教えない」

らちがあかないので、タクシーに乗せてD町へと戻った。とりあえず、酔いが覚めるまでわたしの店で休ませるしかない。

汗をかいているからか、ヴィヴィの香りが強くなっている。

店に着き、シャッターを開けた。ヴィヴィはガードレールを摑《つか》みながらうずくまっている。

わたしはふらつくヴィヴィから目を離さず、ドアに鍵を差して開けた。

異変にはすぐに気づいた。むせるような香りが店内からむわっと襲ってきたからだ。

バニラとスパイス系……。

カウンターの灰皿に吸いかけの葉巻が置いてあり、薄い煙が昇っている。まるで、ついさっきまでそこに誰かがいたかのように。

ヴィヴィの体から漂っていたのは香水ではなかった。

「ほら、お迎えが来ちゃった」

背後の声に振り返り、わたしは短い悲鳴を上げた。

真後ろに立っているヴィヴィの両目が真っ白だった。白目を剝《む》いているわけではなく、黒目が消えてしまったかのようだ。

「……お迎えって？」

わたしは、掠《かす》れる声で訊いた。

「死神さんよ。そこにいるじゃない」

店には誰もいない。わたしには見えないだけなのかもしれないが。

ドアの鍵はちゃんと閉まっていた。店の中に葉巻もなかったはずだ。

「ヴィヴィ……」

わたしは悟った。彼女はこの世を去るのだ。店の時計の針が午前零時を差している。

「素敵な男性になってね」

ヴィヴィがわたしに抱きつき、頬にキスをした。彼女の体は、折れそうなほどに細く骨ばっていた。

「楽しかったよ」

そう言ったわたしの本心は、半分嘘《うそ》で、半分ホントだった。

「ヴィヴィの夢はね」

彼女が耳元で囁《ささや》く。わたしにしか聞こえない声で。

「なるほど。そりゃ大変な夢だ」

「でしょ？」

ヴィヴィが体を離した。

「誰にも言わないでね。恥ずかしいから」

「もちろん」

もう二度と会えないけれど、約束は守ると心に誓った。

「バーイ」

ヴィヴィが軽やかに手を振り、いつのまにか停まっていた緑のタクシーに乗り込む。

運転席には誰も乗っていない。

シャンパンと白ワインと《ドライ・マティーニ》をガブ飲みしたせいか、ヴィヴィの背中から天使みたいな半透明の羽が生えているように見えた。

夜の闇に去っていくタクシーを見送ったわたしは、家まで歩いて帰ることにした。

D町の夜空に、見えないはずの満天の星が瞬《またた》いている。

あとがき

だいぶ、昔の話になるが二十五歳から三十二歳までの七年間、大阪のある町でバーを経営していた。

あなたは、この『D町怪奇物語』をフィクションだと思うだろうか？

答えはご想像に任せるが、奇妙な出来事はよく体験した。別に霊感があるわけでもないのに、あの七年間は摩訶不思議な日々だった。上京して十年近くになるが、こうやって振り返ると自分でも「あれは現実だったのか」と首を傾げてしまう。

前々から、ホラーに挑戦したいと思っていたので、大阪時代の経験をベースに書いた。

こんなこともあった。

当時は借金に苦しんでいた。バーの経営だけではなく、劇団の赤字や、なんだかんだで、借金が膨らみ、三十歳のときにはちょっと洒落にならない額となっていた。当然、バーの家賃や酒代も払えない有り様で、毎月月末になると店のカウンターの下やレジの奥に小銭が落ちてないか、嫁と探したものである。

そんなある日、開店前のバーのカウンターで嫁と赤字に頭を悩ませていると、一人の老婆が勝手に入ってきた。

老婆は全身が薄汚れ、見るも無残な風体で異臭を漂わせていた。明らかにホームレスだった。

「奈良まで帰りたいから交通費を貸してくれへんか」

真っ黒な手の平を差し出した老婆に怒りを覚えた。

金に困っているのは、こっちも同じだ。しかも、ちゃんと働いている。「恵んでくれ」ならまだしも、返せるはずもないのに「貸してくれ」と要求してきたことに無性に腹が立ったのだ。

「あかん。出ていって」

当然、冷たく追い払った。

老婆は、まったく表情を変えずに去っていた。

しかし、赤字の工面の対策に戻ろうとしたが集中できなかった。自分の母親とさほど歳が変わらないホームレスのことが頭から離れなかった。

嫁は何も言わずにレジから千円札を二枚出した。余裕のない店にとってあまりにも痛い出費である。

わたしは大きく深呼吸をして、千円札を握りしめて老婆を追いかけた。

店に近い公園の前で追いつき、「持っていき」と二千円を渡した。

「おおきに。必ず返します」

「いや、返さなくてもええから」

何度も頭を下げる老婆を置いて、店に戻った。

お人好しな自分に嫌気が差したが、せめて明るく振る舞おうとして嫁に言った。

「今のお婆ちゃんが実は神様やったらどうする？　これからの運命を試されたかもやで」

それから一年後、ひょんなきっかけからわたしは小説家としてデビューし、その作品が立て続けにドラマ化、舞台化、映画化となった。

また、あの町に行けばあの老婆に会えるかも。

真夜中、一人で執筆しているとき、ふと考えたりする。

二〇一五年九月　木下半太

この作品は書き下ろしです。原稿枚数284枚（400字詰め）。

D町《ちょう》怪《かい》奇《き》物語《ものがたり》

木下《きのした》半《はん》太《た》

平成27年10月10日　初版発行

発行人――石原正康
編集人――袖山満一子
発行所――株式会社幻冬舎
〒151-0051東京都渋谷区千駄ヶ谷4-9-7
電話　03(5411)6222(営業)
　　　03(5411)6211(編集)
振替00120-8-767643
印刷・製本―図書印刷株式会社
装丁者――高橋雅之

検印廃止

幻冬舎文庫

ISBN978-4-344-42393-0　C0193　き-21-16